MARO.

Bernard Mac Laverty, 1942 in Belfast geboren,
1975 Umzug nach Edinburgh (Schottland),
seit 1981 freier Schriftsteller, lebt jetzt in Glasgow.
Seine Romane *Cal* und *Lamb* wurden verfilmt.

Bernard Mac Laverty

Mit dem Hund vor der Tür

Erzählungen

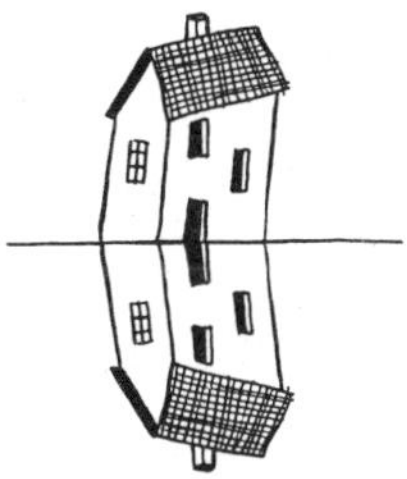

Aus dem Englischen von
Hans-Christian Oeser

MaroVerlag

Titel der englischen Originalausgabe
Walking the Dog & Other Stories
(Jonathan Cape, 1994)

Umschlag: Rotraut Susanne Berner

Wir danken dem ILE (Übersetzungsfonds) Dublin, Irland
für die finanzielle Unterstützung.

Originalausgabe
1. Auflage 1996

Gesamtherstellung: MaroDruck

Die Deutsche Bibliothek – CIP-Einheitsaufnahme

Mac Laverty, Bernard:
Mit dem Hund vor der Tür / Bernard Mac Laverty. Dt. von
Hans Christian Oeser. – Orig.-Ausg. 1. Aufl. - Augsburg :
Maro-Verl., 1996
Einheitssacht.: Walking the dog ‹dt.›
ISBN 3-87512-237-2

für Claire

Inhalt

Mit dem Hund vor der Tür

Als er aus dem Haus trat, hörte er die Kennmelodie zu Beginn der Neun-Uhr-Nachrichten. Am Ende der Sackgasse gab es einen gepflasterten Fußweg, der steil anstieg und bei eisigem Wetter wie heute gefährlich werden konnte. Am Tage war der Schnee etwas geschmolzen, abends aber wieder überfroren. So war es nun schon seit mehreren Tagen gegangen – ein bißchen Schnee, ein bißchen Matsch, ein bißchen Eis. Man sah, daß schon viele hier gegangen waren. Das Eis knackte, als er sein Gewicht darauf setzte, und er wußte, weit würde er nicht gehen. Schließlich brauchte der Hund Auslauf – nicht er.

Als das Tier, an der Leine zerrend, die kurze Steigung zur Hauptstraße hinaufkeuchte, war sein Atem in der kalten Luft zu sehen. An dem Betonpfosten hielt der Hund an und hob das Bein.

»Na, dann lauf mal!«

Er ließ ihn von der Leine und wickelte das Lederband um die Hand. Der Hund lief voraus, dann blieb er stehen und drehte sich um – die Eisdecke war er nicht gewohnt.

Schwanzwedelnd kam er zurückgelaufen, seine großen Pfoten rutschten aus.

»Dummerchen.«

Es war eine von Hecken und Gräben gesäumte Landstraße. Die grünen Felder hinter der Siedlung erstreckten sich bis nach Lisburn. In den letzten beiden Jahren hatte sich die Stadt bis hierher ausgedehnt. Es gab noch keinen Gehsteig. Das bedeutete, daß er ganz besonders auf den Hund achten mußte. Über die Hügelkuppe tauchten plötzlich Autoscheinwerfer auf und kamen näher.

»Bei Fuß!«

Er patschte sich auf den Schenkel, und der Hund stellte sich dicht neben ihn. Das Gesicht dem entgegenkommenden Verkehr zugewandt. Als der Wagen vorüberfuhr, mit voll aufgeblendeten Scheinwerfern, leuchteten die Augen des Hundes swimmingpoolgrün. Zwischen den Hecken lagerte sich wieder die Dunkelheit. Es dauerte lange, bis sich der Motorenlärm völlig verloren hatte. Inzwischen schnupperte und schnüffelte der Hund im Unterholz herum – ganz Jagdhund.

Als ein weiteres Auto über die Kuppe kam, wurde der Mann geblendet.

»Bei Fuß!« Der Hund lief zu ihm, und er knetete und patschte die losen Hautfalten an seinem Nacken. Er trat in den Straßengraben und faßte den Hund straff am Halsband. Diesmal blinkte der Wagen, bremste und hielt genau vor ihnen an. Die Beifahrertür ging auf, ein Mann sprang heraus und riß den hinteren Schlag weit auf, so daß niemand an dem Wagen vorbeikonnte. Ein Ende seines roten

Halstuchs hing dem Burschen auf die Brust, das andere hatte er um Mund und Nase geschlungen.

»Rein mit dir«, sagte der Kerl.

»Was?«

»Verflucht noch mal, steig ein.« Mit einer Hand winkte er, die andere zeigte auf ihn. Zeigte nicht, sondern zielte auf ihn mit einer Pistole.

Sollte das etwa ein Scherz sein? Vielleicht eine Startpistole?

»Mach Beine, oder du hast gleich 'n Loch im Schädel.«

Der Hund sah die offene Tür und sprang auf den Rücksitz des Wagens.

Von innen schrie eine Stimme: »Schaff mir die Töle vom Hals!«

»Bist du vielleicht bald drin«, sagte der Typ mit der Knarre. »Schön vorsichtig, oder es knallt.«

Aus der entgegengesetzten Richtung näherten sich Autoscheinwerfer. Der Fahrer rief: »Los jetzt!« Der Typ mit der Knarre packte ihn im Nacken und schob – drückte seinen Kopf nach unten und bugsierte ihn ins Auto. Schon saß er neben seinem Hund auf dem Rücksitz. Der Typ mit der Knarre quetschte sich neben ihn.

»Duck dich.«

Im Nacken spürte er eine Hand, die seinen Kopf nach unten auf seine Knie drückte. Einen Augenblick lang erhellten die Scheinwerfer des herankommenden Autos das Wageninnere – er konnte eben sehen, daß das Sitzpolster vor ihm blau war –, doch als der Wagen vorüberfuhr, war alles wieder dunkel. Er hörte seinen Hund hecheln. Auf den

Nackenhaaren fühlte er etwas ausgesprochen metallisch Hartes – einen kalten Pistolenlauf.

»Wenn du auch nur einen Muskel rührst, leg ich dich um. Klar?« sagte der Bewaffnete. Seine Stimme klang, als zittere er vor Nervosität. »Los, fahr!«

»Was ist mit dem Köter?«, fragte der Fahrer.

»Was soll mit dem sein? Der würde nach Haus laufen. Und kläffen, oder? Wär nur auffällig.«

»Kann sein.«

»Fahr zu.«

»Irgend was daran ist nicht koscher. 'Nen Köter mitnehmen!«

»Verdammt, mach endlich los!«

Der Wagen fuhr an, schaltete und glitt dahin – die beiden schienen keine Eile zu haben.

»Wir sind von der IRA«, sagte der Bewaffnete. »Wer bist du?«

Es herrschte Schweigen. Er kriegte keinen Ton heraus.

»Wie heißt du?«

Er räusperte sich und stieß ein Geräusch hervor. Dann sagte er: »John.«

»Wie weiter?«

»John Shields.«

»Was ist denn das für 'n Name?«

In seiner Körperstellung fiel es ihm schwer, mit den Achseln zu zucken. Auf jeder Seite des Kardantunnels hatte er einen Fuß. Inzwischen waren sie in einer Gegend mit Straßenbeleuchtung, und unter dem Fahrersitz konnte er ein Juicy Fruit-Kaugummipapier erkennen. Wozu spielte er Detektiv? Das Auto war doch sowieso gestohlen. Mit den Händen hätte er den Fußboden berühren können, doch hatte er sie um seine Knie geschlungen. Um die Faust hatte er immer noch die Hundeleine gewickelt.

»Sonst noch Namen?«

»Was für Namen?«

»Einen zweiten Vornamen?«

Der Hund hatte sich beruhigt und sich neben ihm auf dem Sitz zusammengerollt. Ab und zu gab es ein dumpfes Geräusch, wenn er mit dem Schwanz wedelte. Der Bewaffnete trug Doc Martens und stonewashed Jeans.

»Ich hab gesagt, sonst noch Namen?«

»Nein.«

»Du lügst. Nicht mal 'n Firmname?«

»Nein.«

»Auf welche Schule bist 'n gegangen?«

Es trat eine lange Pause ein.

»Geht euch doch nichts an.«

Plötzlich spürte er einen heftigen Schmerz im Hinterkopf, und er dachte, er hätte einen Schuß abbekommen. »Aua – verdammte Scheiße.«

Die Worte waren aus seinem Mund gekommen, tot konnte er also nicht sein. Der Lump mußte ihm eins mit dem Pistolenkolben übergezogen haben.

»Werd mir nicht frech«, sagte der Bewaffnete. »Das hier ist kein Spiel.«

»Mensch, Kumpel – mach doch kein' Scheiß.« Er schrie und stöhnte und rieb sich den Hinterkopf. Die Wut in seiner Stimme weckte den Hund, der zu knurren begann. Seine

Finger waren schmierig. Von dem Schlag mußte die Haut aufgeplatzt sein.

»Damit das klar ist, ich will eins wissen«, sagte der Bewaffnete. »Protestant oder Katholik?«

Wieder trat eine lange Pause ein. John tat so, als konzentriere er sich auf seinen Nacken.

»Das hat verflucht weh getan«, sagte er.

»Ich frag dich noch mal. Bist du evangelisch oder römisch-katholisch?«

»Ich bin... ich glaube an den ganzen Kram nicht. Ich bin gar nichts.«

»Du bist ein Scheißwichser – wenn du's wissen willst.« John hatte die Hände im Nacken, er wollte nicht noch einen Schlag abkriegen. Aber es geschah nichts.

»Was war'n deine Eltern?«

»Das gleiche. Bei uns zu Hause hat keiner woran geglaubt.«

Der Wagen wurde langsamer, schaltete herunter. Der Fahrer betätigte den Blinker, und John hörte dessen rhythmisches Klicken. Das mußte die Lisburn Road sein. Eine Hauptstraße. Was hier geschah, geschah mitten auf einer Hauptstraße in Belfast. Sie würden in Richtung Falls Road fahren. Zu irgendeinem konspirativen Haus von Republikanern.

Der Fahrer wandte den Kopf nach rechts und sagte: »Laß uns mal das Alphabet hören.«

»Soll das ein Scherz sein?«

»Ach ja – sag mal das ABC für uns auf«, sagte der Bewaffnete.

»Das ist doch ein Witz«, sagte John. Er stählte sich für einen weiteren Schlag.

»Sag's auf – oder ich leg dich um.« Die Stimme des Bewaffneten klang jetzt völlig sachlich. John wußte von der landläufigen Vorstellung, Protestanten und Katholiken würden wegen ihrer getrennten Schulausbildung den achten Buchstaben des Alphabets unterschiedlich aussprechen. Aber er konnte sich nicht mehr daran erinnern, wer ihn wie aussprach.

»Äh... Bee... Cee... Dee.... Eee... Eff...« Er sprach ganz langsam, in der Hoffnung, daß ihm die richtige Aussprache noch rechtzeitig einfallen würde. Dann verstummte er.

»Weiter.«

»Gee...« John senkte die Stimme, »...Aitch, Haitch... Aye Jay Kay.«

»Wir haben's wohl mit 'nem kleinen Schlauberger zu tun«, sagte der Bewaffnete.

Der Fahrer ergriff das Wort. »Hör auf rumzualbern und frag ihn, ob er jemand von der IRA kennt, der für ihn bürgt.«

»Na?« sagte der Bewaffnete. »Kennst du einen?«

Wieder gab es eine lange Pause. Die Mündung der Pistole saß auf seinem Nacken. Sie drückte auf den obersten Halswirbel.

»Na, wird's bald?«

»Ich muß überlegen.«

»Mensch, das ist doch hier kein Fernsehquiz. Kennst du irgendeinen bei den Provos? Raus mit der Sprache, oder es knallt!«

»Nein«, schrie John. »Auf der Arbeit gibt's zwei, drei Katholiken – aber die sind auf keinen Fall Provos.«

»Wo arbeitest du?«

»Beim Gaswerk.«

»Als Gasmann?«

»Nein. In der Verwaltung.«

»Haste das gehört?« sagte der Bewaffnete zum Fahrer.

»Ja.«

»Beim Gaswerk gibt's nicht allzu viele Katholen.«

»Nee«, sagte der Fahrer. »Und ganz sicher nicht im Büro. Ich glaub, wir haben 'ne Niete gezogen.«

»John Shields«, sagte der Bewaffnete. »Sag mal. Was hältst 'n von uns?«

»Wie meinst du das?«

»Was hältst du so von der IRA? Von den Provos?«

»Was soll denn das? Ich hab 'ne Knarre im Genick, und ihr wollt, daß ich...«

»Nicht doch – wär doch interessant. Dir passiert auch nichts – egal was du sagst. Sag uns ruhig deine Meinung.«

Es herrschte Schweigen, als der Wagen die Fahrt verlangsamte und anhielt. Der Widerschein auf dem Chrom im Wageninneren wurde rot. Eine Verkehrsampel. John hörte den Summton des Grünsignals für Fußgänger. Für die Blinden. Wie die Huckel auf dem Bürgersteig. Damit sie wissen, wo sie sind.

»Kannst du das Ave Maria? Um deine Haut zu retten?«

»Nein – ich hab doch gesagt, ich bin an so was nicht interessiert.«

Der Fahrer sagte: »Ich glaub, der ist in Ordnung.«

»Klar doch«, sagte der Bewaffnete. »Aber er hat uns immer noch nicht verraten, was er von uns hält.«

John räusperte sich – seine Stimme bebte.

»Ich verabscheue die Provos. Ich hasse alles, wofür ihr steht.« Es trat eine Pause ein. »Und ich hasse euch dafür, was ihr mit mir macht.«

»Gesprochen wie ein Mann.«

Der Fahrer sagte: »Der ist genausowenig 'n Kathole wie ich.«

»Schon wieder einer von uns.« Der Bewaffnete seufzte mit einem Anflug von Verärgerung. Die Ampel sprang von Orange auf Grün um. Das Auto fuhr an. Wieder hörte John das Klicken des Blinkers, und der Fahrer bog von der Hauptstraße ab in die Dunkelheit. Der Wagen hielt an, und die Handbremse wurde angezogen.

Der Bewaffnete sagte: »Hör mir mal zu. Paß auf. Hier geht's zu wie im Märchen. Wenn du uns ansiehst, fällst du tot um.«

»Du bist uns nie begegnet«, sagte der Fahrer.

»Und wenn du dem Auto nachsiehst, kommen wir zurück und legen dich um – egal, auf welcher Seite du stehst. Ist das klar? Jetzt steig aus.«

John hörte, wie auf der Seite des Bewaffneten die Tür aufging. Die Beine des Bewaffneten verschwanden.

»Los. Und schau auf den Boden.« John blickte auf seine Füße und rutschte auf der Rückbank zur Tür. Er zog den Kopf ein, um auszusteigen, und hielt ihn weiterhin unten. Der Bewaffnete legte ihm die Hände auf die Schultern und drehte ihn vom Auto weg. Vor ihm stand ein Baum.

»Arme und Beine auseinander«, sagte der Bewaffnete. John legte die Hände an den Baumstamm und spreizte die Beine. Seine Knie zitterten jetzt so stark, daß er Angst hatte zusammenzubrechen. »Schau nach unten.« Wo die Baumwurzeln den Asphalt aufgebrochen hatten, war er uneben. John fand eine Stelle für seine Füße.

Die Krallen des Hundes kratzten auf dem metallenen Trittbrett des Wagens, als er ihm nachkam. Der Hund stupste ihn am Bein, und er sah, wie seine großen Augen ihn anblickten.

Der Bewaffnete sagte: »Tut mir leid, Kumpel.« John sah, wie die Hände des Bewaffneten nach unten langten und dem Hund den Kopf kraulten. »Tut mir leid wegen dem Schlag. Aber das ist nun mal kein Spiel. Die ist aber hübsch.«

»Das ist keine die.«

»Schon gut, schon gut. Wie du meinst.«

Die Wagentür schlug zu, das Auto begann zurückzusetzen – fuhr knackend über den hartgefrorenen Schneematsch. Im Scheinwerferlicht war sein Schatten auf dem Baum sehr schwarz und scharf umgrenzt – ein Doppelschatten, von jedem Scheinwerfer einer. An dem hohen Surren des Motors merkte er, daß der Wagen noch immer im Rückwärtsgang fuhr. Es kam ihm der Gedanke, daß sie ihn aus dieser Entfernung nicht erschießen würden. Endlos lange beobachtete er, wie sich sein Schatten an dem Baum entlangbewegte, obwohl er so reglos stand wie möglich. Das war ein Spiel, das er als Kind immer gespielt hatte: sich die Augen zuhalten und bis hundert zählen. Ich komme jetzt

– egal wo ihr seid. Die Scheinwerfer schwangen sich zu den Bäumen auf, die die andere Straßenseite säumten. Sein Hund winselte ein bißchen, er wollte weiter. John riskierte einen Blick, indem er nur die Augen bewegte, und er sah, wie das rote Licht der Bremsleuchten in Richtung Hauptstraße entschwand. Er wußte, wo er war. In der Malone Road. Er lehnte den Kopf gegen seine Handrücken. Jetzt zitterten sogar seine Arme. Er atmete tief durch und legte den Kopf zurück, um zu den Ästen aufzuschauen.

»Leck mich«, sagte er laut. Sein Anorakärmel war hochgerutscht und gab den Blick auf seine Uhr frei. Es war zehn nach neun. Er schlang die Hundeleine von seiner Hand. Sie hinterließ weiße Druckstellen, wo sie in seine Haut eingeschnitten hatte. Er griff sich an den Hinterkopf. Seine Haare waren von geronnenem Blut verklebt.

»Komm, Junge.« Er ging auf die Laternen der Hauptstraße zu, wo sich, wie er wußte, eine Telefonzelle befand. Aber wozu? In der kurzen Zeit würde ihn doch niemand vermißt haben.

Die Straße war so still, daß er das Scheppern der Blechmarke hören konnte, als sein Hund neben ihm hertrottete.

Der Grossmeister

Die Lichter neben dem Swimmingpool des Hotels wurden um Mitternacht ausgeschaltet. Eben noch hatte Isobel sie vom neunten Stock aus gesehen, nun war da nichts als Dunkelheit und das Zirpen der Grillen. Sie zog die Vorhänge zu und kleidete sich aus, um sich schlafen zu legen.

Der Slip, den sie trug, war schmaler als ihr Bikinihöschen, so daß sie in dem mannshohen Spiegel einen Rand schottischer Blässe um Hüften und Leisten sah. Alles andere war rot. Einschließlich ihrer Brüste.

»Mein Gott – wie furchtbar...«

Das Blut pochte ihr in den Adern. Sie streifte ein baumwollenes Nachthemd über den Kopf und ließ sich vorsichtig auf das Bett nieder, das dem Fenster am nächsten war. Eine Weile versuchte sie zu lesen, konnte sich aber nicht konzentrieren. Dann schaltete sie das Licht aus und versuchte zu schlafen. Im Dunkeln kam es ihr vor, als könne sie an jeder Stelle ihrer ungeschützten Haut den Puls nehmen. Das Hotelradio hatte eine Digitaluhr, die 1:16 anzeigte. Von ihrer Tochter war noch immer keine Spur zu sehen. Sie blies auf ihre Arme, das kühlte sie vorübergehend.

Ein Frösteln überlief sie. Es kam in Wellen. Wenn sie sich verkrampfte, war es nur mit Mühe einzudämmen. Wenn sie sich entspannte, hörte das Zähneklappern für kurze Zeit auf. Sie knipste das Licht wieder an und stand auf. In ihrem Waschbeutel fand sie einen Streifen Paracetamol, sie drückte zwei Tabletten durch die Folie und spülte sie mit einem Schluck Wasser aus der Flasche hinunter.

Wenige Augenblicke später war ihr wieder zu heiß. Sie befeuchtete ein Handtuch und nahm es mit zu sich ins Bett. Sie tupfte sich damit Gesicht und Schultern und die Vorderseite ihres Nachthemds zwischen den Brüsten. Ihre Armbanduhr auf dem Nachttisch stimmte mit der Radiouhr überein.

»Soll sie doch der Teufel holen.«

Isobel lag auf ihrem Bett und versuchte, jede Berührung zu vermeiden, als Gillian hereinkam. Das Mädchen blickte sie nicht einmal an.

»Wo in aller Welt hast du gesteckt?«

»In der Disko.«

»Oh – freut mich, daß du so wohlbehütest warst. Vielleicht ein, zwei englische Saufbolde? Weißt du eigentlich, wie spät es ist?«

Das Mädchen schüttelte den Kopf, ging ins Badezimmer und schloß die Tür hinter sich. Isobel hörte das Wasser laufen, die Spülung und das Geräusch des Zähneputzens. Als Gillian herauskam, hatte sie ihren Schlafanzug an und das Haar zu einem Pferdeschwanz gebunden.

»Damit du's nur weißt, es ist zwei Uhr, Mädchen.«

Gillian schaute auf die Digitaluhr.

»Ein Uhr zweiundfünfzig«, sagte sie und stieg in ihr Bett. Sie zog sich das Laken über die Schultern und drehte das Gesicht zur Wand.

»Mit wem?

»Mit wem was?«

»Captain Plum... in der Bibliothek... mit einem Schraubenschlüssel. Ich meine, mit wem bist du in die Disko gegangen?«

»Mit allen.«

»Wie schön, daß alle da waren – alle wer?«

»Alle eben. Hör doch auf, Mutti. Wir machen Ferien.«

»So redet man nicht mit seiner Mutter, Gillian. Es gibt nicht allzu viele Dreizehnjährige, die sich bis in die frühen Morgenstunden herumtreiben dürfen.«

»Meine Güte, ich bin extra *früh* nach Haus gekommen, Alle anderen sind weitergezogen. Ich komme mir vor wie ein Kleinkind.« Gillian verfiel in einen kindlichen Tonfall. »›Ich muß nach Hause, sagt meine Mami.‹«

Isobel seufzte und sagte: »Am Tag deiner Geburt warst du in Ordnung, aber seitdem geht's mit dir nur noch bergab. Das nächste Mal komme ich mit.«

»Unter keinen Umständen.«

»Glaubst du etwa, ich bin dir im Weg?«

Das Mädchen antwortete nicht.

»Ist dir schon jemals in den Sinn gekommen, daß du *mir* im Weg sein könntest?«

Gillian zuckte unter ihrem Laken mit den Achseln. »Wovon redest du?«

»Gillian – versprich mir wenigstens eins – daß du nie einen Sportlehrer heiraten wirst.« Isobel begann leise zu schniefen. Ihre Tochter war sich unschlüssig, ob es Tränen waren.

Isobel sagte: »Du hast wieder geraucht.«

»Ehrlich nicht.«

»Ich riech's doch, Gillian.«

»Du kannst mich mal, Mutti.«

»Diese Ausdrucksweise mag deinen Vater zum Lachen bringen – aber nicht mich.«

»Alle anderen rauchen. Das bleibt in den Kleidern hängen.«

»Gillian?«

»Was?«

»Schau mich an und sag mir, daß du nicht geraucht hast.«

Mit einem Seufzer der Verärgerung drehte sich das Mädchen im Bett um, von der Wand weg. »Meine Güte – Mutti.« Gillian lachte entgeistert. Den Ellbogen auf dem Kissen, richtete sie sich auf. »Wie siehst du denn aus! Du bist ja völlig rot – puterrot!«

»Darum geht's im Augenblick nicht. Wir sprachen von Tod durch Rauchen – nicht von Hautkrebs.« Isobels Stimme war leiser geworden, die ihrer Tochter wurde vor Ungläubigkeit lauter.

»Mir hast du die ganze Woche über jeden Tag vorgejammert, ich soll nicht so lange in der Sonne bleiben...«

»Da hol ich mir einmal 'nen Sonnenbrand, und schon...«

»Aber du hast dich doch mit mindestens Lichtschutzfaktor tausend eingeölt.«

»Heute nicht. Schließlich möchte ich auch braun werden.«

»Du hast es wirklich übertrieben.«

»Nur ein bißchen, Liebling. Nur ein bißchen.«

»Ist es schlimm?«

»Heiß.« Ihr Kinn fing an zu zittern.

»Geht es dir nicht gut?«

»Doch«, sagte Isobel. Sie streckte sich auf dem Bett aus und zog das Laken bis zum Hals. »Ein bißchen fiebrig. Aber morgen früh bin ich wieder in Ordnung.«

»Soll ich das Licht ausmachen?«

»Ja – dann seh ich besser aus.«

Es war fünf Jahre her, daß Isobel das letzte Mal ein Schlafzimmer mit jemandem geteilt hatte, und selbst nach einer Woche hatte sie sich noch nicht daran gewöhnt – die Atemgeräusche, das Quietschen der Sprungfedern bei jeder Körperdrehung, das Verrutschen der Laken, die hochgezogen oder weggestrampelt wurden. Später hielt der schwere Atem oder das Schnarchen ihrer Tochter sie wach. Dann blieb ihr nichts anderes übrig, als dazuliegen und im Schein der Digitaluhr auf die Schlafzimmerwand zu starren. Zu Hause hätte sie hinuntergehen und sich eine heiße Milch oder dergleichen machen können. Wenn beide nicht schlafen konnten, merkten sie es alle beide. Es fehlte das Geräusch gleichmäßigen Atmens, und je länger sie nicht einschlafen konnten, desto häufiger wälzten sie sich hin und her und mußten laut gähnen.

»Mutti?«

»Was?«

»Schläfst du?«

»Ja – tief und fest.«

»Kennst du das Hotel am anderen Ende des Strands?«

»Das kastanienbraune?«

»Nein – das daneben – Corvo oder so ähnlich.«

»Mm-mm.«

»Da gibt es Schach.«

»Das ist ja mal was ganz Neues, nicht immer nur Billard spielen.«

»Da ist ein Typ, der spielt gegen zwölf Leute gleichzeitig. Der ist fabelhaft.«

»Wie viele Hände hat er denn?«

»Ich hab gar nicht schlecht gespielt. Bis er mir einen meiner Türme genommen hat. Ich war so was von blöd, daß ich das nicht hab kommen sehen.«

»Ich wußte gar nicht, daß du spielen kannst.«

»Ich kann's nicht erwarten, ihm Revanche zu geben. Er hat einfach mit den Achseln gezuckt und meinen Turm genommen. Ich konnte's nicht fassen, daß ich einen so dummen Zug gemacht hatte.«

»Ich nehme an, das war vor der Disko.«

»Donnerstagabend gehe ich wieder hin. Meine letzte Chance, bevor wir nach Hause fahren.«

Isobel erhob sich behutsam aus dem Bett und ging wieder ins Bad, um sich das Gesicht abzukühlen. Auf die Mauer gegenüber dem Badezimmer fiel ein Viereck aus Licht. »Ich kann morgen nicht zum Strand – so wie ich aussehe.« Isobel schaltete das Licht aus und tastete sich zu ihrem Bett zurück. Sie legte sich hin und fing an, auf ihre Haut zu pusten.

»Ich wünschte, ich hätte eine kühlende Lotion.«

»Ich hab welche.«

»Ich kann's nicht glauben. Du bist ein Schatz.« Gillian stand auf und ging ins Badezimmer. »Mensch, warum hast du mir das denn nicht früher gesagt?« Isobel knipste die Nachttischlampe an. Ihre Tochter kam mit Watte und einem Fläschchen rosa Lotion aus dem Bad.

»Danke«, sagte Isobel und streckte die Hände aus.

»Schon gut. Ich mach schon. Schließ die Augen.« Isobel legte sich auf das Kopfkissen zurück und hörte, als Gillian die Flasche auf das Wattebäuschchen umstülpte, das Gluk-kern der dicken Flüssigkeit.

»Sieht dir gar nicht ähnlich, Gillian – soviel Weitblick.« Sie spürte die Kühle auf Stirn, Lidern und Wangen. »Ach, wunderbar.«

»Vati hat sie mir letztes Jahr auf Mallorca gekauft. Ich habe sie nur nie aus dem Waschbeutel herausgenommen.«

»Oh – trotzdem – es hilft. Es tut richtig gut.«

Gillian nahm ein frisches Wattebäuschchen zur Hand und fing von vorne an. »Ich würde gern in einem Schönheitssalon oder so arbeiten.«

»Ich glaube nicht, daß du das geistige Stehvermögen dafür hast.«

»Es ist so entspannend.«

»Dabei soll ich mich doch entspannen – nicht die Behandelnde.« Aber Isobel stöhnte und seufzte, als die Prozedur ihren Fortgang nahm.

»Was hast *du* denn heute abend gemacht?« fragte ihre Tochter.

»Ich hab mit ein paar Leuten in der Bar gesessen. Wir haben es uns gemeinsam gut gehen lassen.«

Gillian schnaubte verächtlich und rieb ihrer Mutter die Arme und die scharlachroten Schulterspitzen ein. Isobel fing an, leise vor sich hin zu lachen.

»Was? Mutti, was ist denn?«

»Ein blöder Vers. Eine Freundin klein hilft mir mit Lotion fein.«

»Das ist wirklich das Letzte. Furchtbar.«

Isobel fühlte, wie ihr die Flasche in die Hand gedrückt wurde.

»Die Titten kannst du dir selbst einreiben«, sagte Gillian.

Isobel und ihre Tochter saßen auf der Terrasse des Hotels Condor und warteten. Im aufleuchtenden Dunkel wurde eine Disko für die Kleinen abgehalten.

»Du siehst gräßlich aus.« Isobel mußte den Lärm überschreien. »Kein Wunder, daß die Leute denken, du bist ein Junge.« Das Mädchen hatte die Haare kurz geschnitten und trug ein weißes T-Shirt, das ihr über die khakifarbenen Shorts fiel. Ihre Brust war noch sehr flach. Zwischen den einzelnen Schallplatten war das unablässige Zirpen der Grillen zu hören.

»Und hör auf, an den Fingernägeln herumzukauen.« Gillian kaute nicht an den Fingernägeln, sondern an der Haut um die Nägel. »Gill-i-an.«

Das Mädchen nahm die Hand vom Mund und sagte: »Wie sieht eine Grille aus?«

»Wie eine Art Käfer. Hab noch nie eine gesehen.«

»Die klingen wie eine Herde Telephone.«

Gillian stand auf und ging auf das nächste Zirpen zu. Sobald sie sich der Lärmquelle näherte, verstummte die Grille.

»Sie hören dich kommen.« Sie ging auf eine andere zu, die in einem Blumenbeet am Kopf der Treppe zirpte, und es geschah das gleiche. Die erste setzte wieder ein. Gillian wirbelte herum.

»Heim-chen. Zeig dich.«

Sie gab auf und kam die Treppe herunter. »Es ist spät. Es hieß, zehn Uhr.«

»Bist du sicher, du hast dich nicht im Tag geirrt?«

»Ach, Mutti...«

»Lies doch noch einmal die Ankündigung.«

»Es ist doch schon alles hergerichtet.«

Im Salon war eine Reihe von Spieltischen mit grünem Boi zu einem Viereck in der Mitte des Raums zusammengerückt worden. Andere Familien saßen herum, tranken oder spielten Karten. Die Kinder kamen immer wieder auf die Terrasse herausgerannt, zu den aufleuchtenden bunten Lämpchen und der Musik. Die Gäste sahen alle wie Spanier oder Franzosen aus – keine Briten, niemand, der Englisch sprach. Isobel stand auf und ging ins Foyer, wo das Anschlagbrett hing.

Ihre Tochter folgte ihr. Neben einer in drei Sprachen gedruckten Bekanntmachung war ein Photo des Schachspielers zu sehen.

»Sieht gar nicht übel aus.«

»Mutti.«

»Er kommt mir sehr leidenschaftlich vor.«

»Mir kommt er sehr verspätet vor«, sagte Gillian. Die Ankündigung besagte, daß er Großmeister und katalanischer Meister sei. Daß er an zwei Abenden in der Woche, dienstags und donnerstags, zwölf Gegner gleichzeitig herausfordern werde.

Sie gingen in den Salon, wo die Tische aufgestellt waren. Gillian zog ein Gesicht und setzte sich im Schneidersitz in einen tiefen Ledersessel.

»Mit der ganzen Anmut eines Bügelbretts«, sagte Isobel.

Die Musik, die in der Disko gespielt wurde, war altmodisches Zeug – die Beatles, Nina Simone – *My Baby Just Cares for Me*, Glenn Millers Version von *Begin the Beguine*. Jedesmal, wenn eines der Kinder durch die Tür auf die Terrasse hinausrannte, wurde sie lauter. Wenn die selbsttätigen Türen zuglitten, wurde sie wieder schwächer.

»Wo hast du Schach spielen gelernt?«

»Vati.«

»Oh – ich dachte, sie hätten's dir vielleicht in der Schule beigebracht.« Ein Kellner kam vorbei, und sie bestellte ein Glas Weißwein und eine Coke für Gillian. »Wann, wenn ich fragen darf?«

»Weiß nicht mehr. Bei ihm im Haus. An Tagen, wenn's nichts zu tun gab. Wenn's geregnet hat.«

»Ich bin überrascht, daß er nüchtern genug war...«

»Sag das doch nicht.«

»Aber es ist wahr.«

»Er hat sich gebessert – sehr gebessert.«

»Wieviel Mühe er sich auch gegeben hat, mir hat er nichts

beibringen können. Ich kenne sämtliche Züge, aber das Ganze... Macht nicht das Rössel den L-förmigen Zug...?«

»Der Springer, Mutti.«

»Ich hatte nicht die Geduld dafür. Wir haben uns gestritten, selbst darüber.«

»Warum hast du immer diesen Ton drauf, wenn du von Vati erzählst?«

»Was für einen Ton?«

»Du weißt schon – ›Wir haben uns gestritten, selbst darüber.‹«

»Ich nehme an, es ist eine Abwehrreaktion. Wenn man wie ich sitzengelassen wird, ist Verteidigung der beste Angriff.«

Gillian streckte die Füße auf den Marmorboden und stand auf.

»Wo bleibt er nur?«

Sie ging hinüber zur Tür und spähte ins Foyer. Der Kellner kam und setzte die Getränke auf dem niedrigen Tisch ab. Isobel rief ihre Tochter herbei. Als Gillian zurückkam, nippte sie im Stehen an ihrer Coke.

»Dein Sonnenbrand ist ein bißchen besser geworden«, sagte sie.

»Das sollte er auch – nach achtundvierzig Stunden.«

»Du wirst dich schälen – wenn wir nach Hause kommen.«

Isobel schlug die Beine übereinander und ließ ihre Sandale vom Fuß herabbaumeln.

»Meine Güte – Mutti.«

»Was hab ich denn jetzt wieder verbrochen?«

Ihre Tochter nickte zu dem Fuß mit der Sandale hin, der sich im Takt zur Diskomusik bewegte.

»So was tun nur alte Leute.«

In der Eingangshalle herrschte plötzlich Unruhe, und einige Jungen kamen mit kleinen Holzkästen herbeigerannt. Sie liefen zu dem Viereck aus Spieltischen und stellten sie auf den Boi. Einer der Jungen hatte eine Rolle grün-weiß karierter Plastikmatten bei sich, die er wie Platzdeckchen hinlegte, neben jeden Kasten eine. Die Leute drehten die Köpfe, in Erwartung des Großmeisters. Er kam, redend und gestikulierend, umdrängt von Menschen.

»Wird auch langsam Zeit«, sagte Gillian. Sie stand auf und ging zu den Tischen. Im Deckel eines jeden Kastens befand sich eine kleine Vertiefung in Form eines Fingernagels, mit deren Hilfe er sich zurückschieben ließ. Gillian mühte sich mit ihrem ab, und als er endlich aufging, purzelten die Plastikfiguren über den Tisch. Isobel tat so, als ziehe sie die Augenbrauen hoch, und Gillian errötete.

Ein Hotelbediensteter schob einen Spieltisch zur Seite, damit der Großmeister in die Mitte treten könne. Die Herausforderer nahmen ihre Plätze ein und begannen damit, die Figuren aufzustellen, die weißen nach innen. Der Großmeister stand mit locker auf dem Rücken verschränkten Händen in der Mitte. Er erkannte einige der Spieler von den vergangenen Abenden und lächelte ihnen zu. Seine Gegner gehörten ganz unterschiedlichen Altersgruppen an. Ein Mann, der eine Gauloise rauchte, sah aus, als wäre er in den Achtzigern. Jüngere Familienväter scherzten über die Schulter hinweg mit ihren Frauen und Kindern, die spanischen Stimmen lauter als gewöhnlich vor Lampenfieber. Zwei etwa zehnjährige Jungen hatten sich darauf geeinigt, gemeinsam zu spielen.

Isobel kam an den Tisch und trat hinter ihre Tochter, als diese die Figuren aufstellte.

»Er hat schöne Augen«, sagte sie. »Seine Augen machen ihn gleich sympathisch.«

»Mutti, steh nicht herum. Setz dich irgendwohin.« Gillian stieß sie mit dem Ellbogen in die Hüfte, doch ihre Mutter schenkte ihr keine Beachtung – sie starrte den Großmeister an.

Er war Ende der Vierzig, wirkte aber jungenhaft und sehr schlank. Sein Bart war graumeliert. Er trug ein Hemd mit einem Muster wie von Mondrian und eine Levi's, die von einem Gürtel mit einer überreich verzierten Schnalle gehalten wurde. Eine Art Schausteller, ein Künstler, dachte Isobel, als sie lächelnd seinen Blick auffing.

»Das ist meine Tochter, an der ich mein Wohlgefallen habe.«

»Ach, Mutti, bitte – bitte, laß das«, sagte Gillian.

Doch der Großmeister, obwohl er nicht verstand, erwiderte Isobels Lächeln und neigte den Kopf in einer Art Gruß vor Gillian. Er prüfte nach, ob alle Schachbretter aufgebaut waren, dann ging er zum ersten Herausforderer und schüttelte ihm die Hand. Er lächelte leicht, dann eröffnete er die Partie. Dies tat er bei allen zwölf Herausforderern.

Isobel setzte sich etwas abseits, um zuzuschauen. Gillian wartete mit ihrem Gegenzug, bis der Großmeister zu ihr kam. Isobel konnte den Blick nicht von ihm abwenden. Seine Konzentrationsfähigkeit war enorm. Es hätte eines Erdbebens bedurft, um ihn aufsehen zu lassen. Wenn er eine seiner Figuren bewegte, schwebten seine Finger unsicher über dem Bauern oder der Königin oder was immer, ein Zaudern – dann ein entschlossenes Zugreifen, als wolle er sagen: Wie konnte ich nur so lange zögern? Es kann doch keinen anderen Zug geben.

Er trug eine teure Uhr und an ein und demselben Finger zwei Goldringe – einen schmalen, einen breiten. Manchmal, wenn seine Hände auf dem Tisch ruhten, hatte er die Schultern hochgezogen, fast bis über den Kopf, und sein Gesicht starrte angespannt auf das Schachbrett. Wenn er eine Figur schlug und mit der eigenen wegstieß, machte es »klick«. Fast gewalttätig – eine Rückkehr zu dem, was das Spiel vorstellte: eine formalisierte Schlacht. Dies geschah vor allem, wenn es zu einem Figurenaustausch mit dem alten Mann kam, der die Gauloises rauchte.

Jedesmal, wenn er einen Spielzug ausführte, mit dem er seinem Gegner Schach bot, sagte er nicht »Schach!«, sondern tippte mit einer raschen Bewegung den schwarzen König an.

Isobel holte sich ein Glas Weißwein. Das Schachspiel mit seiner Wortlosigkeit begann sie zu langweilen. Das einzig Interessante war der Großmeister.

Es versetzte sie in Erstaunen, daß sich alles in seinem Kopf abspielte, das ganze Drama. Es war nichts zu sehen. Kaum ein äußerliches Anzeichen. Manchmal hob er fast unmerklich den Kopf und mimte den Verlauf eines Austauschs: »Ich nehme deinen, du nimmst meinen.« Er war wie ein Klausner, ein Heiliger. Sie spürte, daß er, wenn er wollte, seinen Herzschlag trotz des Lärms der Disko, trotz des geschäftigen Treibens im Hotel verlangsamen konnte. Sie trank ihr Glas Wein aus und bestellte ein neues.

Als die beiden Jungen, die gemeinsam spielten, matt gesetzt wurden, erhob sich plätschernder Applaus. Sie stießen ihren König um und kicherten. Der Großmeister lächelte und zauste ihnen das Haar. Sie rannten zu ihren Eltern, die viel Wesens um sie machten. Isobel lächelte und machte, indem sie auf die Buben wies, eine Gebärde lautlosen Beifalls. Die Mutter beugte sich vor und sagte etwas auf spanisch. Isobel schüttelte den Kopf.

»Englisch«, sagte sie. »Ich meine schottisch – ich spreche nur Englisch.«

»Mein Englisch nicht gut«, sagte die Frau. »Bißchen.« Nachdem sie das gesagt hatten, lehnte sich beide Frauen in ihren Sesseln vor. Dann, da sie sich nichts mehr zu sagen wußten, lehnten sie sich allmählich wieder zurück und wandten die Köpfe, um das Spiel zu verfolgen. Als Isobel das nächste Mal einen Blick der Spanierin auffing, deutete diese auf das Viereck aus Tischen.

»¿Ihr Kind?«

»Ja.« Isobel nickte heftig. Gillian hatte sich eine Art Scheuklappen angelegt, sie preßte beide Hände an die Schläfen, und starrte auf das Schachbrett zwischen ihren Ellbogen.

»Das ist meine Tochter.« Als sie es ausgesprochen hatte, errötete sie und lächelte.

¿Tochter?« Sie schien überrascht. »¿Du beigebracht?« Die Spanierin mimte die Bewegung der Figuren.

»Nein – in der Schule. Sie hat's in der Schule gelernt.« Wieder blieben sie erwartungsvoll auf der Sesselkante sitzen, doch die Verständigung schien zu schwierig, und allmählich sackten sie wieder zurück in ihre Ausgangspositionen.

Im Lauf der nächste Stunde oder so gaben mehrere Gegner auf oder wurden matt gesetzt, und der Großmeister blieb stehen, um ihnen zu erklären, wo sie einen falschen Zug gemacht hatten oder wie es ihm gelungen war, sie auszumanövrieren. Nach der Gnadenlosigkeit seines Spiels wurde er zum Lehrer – beugte sich vertraulich vor, zeigte ihre Verfehlungen auf, wußte Rat für die Zukunft.

Isobel stand auf, um sich die Beine zu vertreten, und ging hinaus auf die Terrasse. Es war immer noch warm. In der Disko hielten sich nur noch etwa ein halbes Dutzend Kinder auf, die Fangen spielten, statt zu tanzen. Ihre Eltern saßen, ein Getränk vor sich, mit dem Rücken zum Swimmingpool und behielten sie im Auge. Diese Gruppe bestand aus Engländern – als die Musik aufhörte, wurden ihr Wörter zugetragen, die sie verstand. Sie machte einen großen Bogen um sie und lief die Wege auf den Terrassen entlang. Dem DJ schienen die Platten auszugehen, denn er spielte dieselben wieder von vorne. Nina Simone, Glen Miller.

Als sie wieder in den Salon kam, waren nur noch zwei Herausforderer übrig. Ihre Tochter und der alte Mann, der die Gauloises rauchte. Die besiegten Spieler und ihre Familien umstanden sie, um ihnen beim Endspiel zuzusehen. Die

Menge war auf fünzig oder sechzig angeschwollen, darunter Gäste, die zum Schlafengehen ins Hotel zurückgekommen waren. Isobel drängte sich zu einer Stelle hindurch, von der aus sie das Gesicht ihrer Tochter sehen konnte.

Der Großmeister führte seinen Spielzug gegen den alten Mann aus, dessen Antwort darin bestand, eine weitere Zigarette aus der Packung zu ziehen, die neben seiner Hand auf dem Tisch lag. Es war abzusehen, was geschehen würde. Er riß ein Streichholz aus dem Briefchen und zündete sich die Zigarette an. Er mußte husten, und sein Gesicht wurde leuchtend rot. Ungläubig, daß er in eine solche Falle getappt war, schüttelte er den Kopf. Er fluchte und gab auf, indem er seinen König umkippte.

Gillian wartete darauf, daß der Großmeister sich ihr zuwandte, bevor sie ihre Figur weiterrückte. Herausfordernd sah sie zu ihm auf. Er ließ sich keine Überraschung anmerken, brauchte aber lange, bevor er mit einem Gegenzug antwortete. Soviel Isobel sah, hatten beide noch die gleiche Anzahl Figuren, doch konnte sie nicht sagen, wer im Vorteil war. Sie betrachtete die Gesichter der Zuschauer und versuchte einzuschätzen, wer am Gewinnen war und, wichtiger noch, wann die Partie beendet sein würde. Sie gähnte und sah auf ihre Uhr.

Die Diskomusik verstummte, und Isobel hörte zum ersten Mal leisere Geräusche – ein Hüsteln in der Ferne, Gläserklirren hinter der Theke, das Schnauben, wenn sich die selbsttätigen Türen auf- und zuschoben. Inzwischen war es nach Mitternacht. Der DJ schob ein Wägelchen mit seinen Plattenspielern und Lautsprechern in den Salon, um sie für die Nacht wegzuschließen. Eines der Räder hätte Öl gebrauchen können. Es quietschte bei jeder Drehung.

»Por favor... por favor«, flüsterte der Disc Jockey. Die Menschen in der Menge traten zur Seite, um ihn hindurchzulassen. Doch weder Gillian noch der Großmeister blickten von ihrem Spiel auf.

Einige Leute unter den Zuschauern – jedenfalls die Eltern der beiden Knaben und andere, denen sie es gesagt hatten – merkten, daß Isobel die Mutter der jungen Schachspielerin war. Wieder mußte sie gähnen, doch diesmal versuchte sie, den Mund geschlossen zu halten. Gillian tat einen Zug. Der Großmeister legte die Finger an seinen Bart, während er überlegte. Isobel spürte, wie sie erneut ein Gähnen überkam, und gähnte mit zusammengebissenen Zähnen.

Nach einer unendlich langen Pause rückte der Großmeister einen Bauern vor. Diesmal brauchte Gillian für ihren Gegenzug beinahe ebenso lang. Um halb eins lächelte der Großmeister und schaute mit hochgezogenen Augenbrauen auf Gillian. Er sagte etwas auf spanisch. Gillian blickte ihn verständnislos an. Der Großmeister drehte sich um und blickte in die Menge. Er rief ein Mädchen herbei – sie sah spanisch aus und war um die Zwanzig –, und sie unterhielten sich auf spanisch. Das Mädchen wandte sich an Gillian.

»Das ist mein Vater.« Sie streckte die Hand aus und zeigte auf den Großmeister. »Und ich übersetze für ihn. Mein Vater möchte dir Remis anbieten.«

Gillian war sich unschlüssig.

»¡Tablas!« sagte der Großmeister zu den Zuschauern. Sie brachen in Beifall aus. Sie lächelten und wollten gar nicht mehr aufhören zu klatschen. Isobel stimmte in den Applaus mit ein. Gillian lief rot an – es war, als hätte sie erst jetzt bemerkt, daß sie Zuschauer gehabt hatte. Der Großmeister hielt ihr seine Hand hin, und Gillian, immer noch unsicher, schüttelte sie. Der alte Mann, der die Gauloises rauchte, bahnte sich einen Weg nach vorn und schlug ihr auf den Rücken. Er sagte etwas auf spanisch zu dem Großmeister, der lachte. Gillian erhob sich. Isobel schob sich nach vorn und sagte: »Ein Glückwunsch ist wohl angebracht?«

Gillian zog eine vedrossene Miene – es war ihr verhaßt, im Mittelpunkt der Aufmerksamkeit zu stehen. Der Großmeister legte seiner Tochter den Arm um die Schulter. Sein Blick begegnete dem Isobels, und er beugte sich vor, um zu sprechen. Seine Tochter dolmetschte.

»Mein Vater sagt, er ist sehr gut.«

»Wer?«

»Ihr Sohn. Er ist sehr gut.«

»Das ist meine Tochter.« Das spanische Mädchen wandte sich an ihren Vater und erklärte es ihm. Er wirkte verlegen und kleinlaut.

»Er sagt, es tut ihm sehr leid – *sie* ist sehr gut. Ihre Tochter ist sehr gut.«

»Oh, danke.« Isobel wandte sich zu Gillian, die sie am Ellbogen zerrte.

»Komm, Mutti.«

»Wie gut?« Seine Tochter, deren Hand auf der ihres Vaters ruhte, gab die Frage weiter. Der Großmeister zuckte die Achseln und stülpte die Unterlippe vor.

»Exzellent«, sagte er auf englisch. Seine Tochter hörte

sich an, was er zu sagen hatte, dann übersetzte sie: »Er meint, sie ist *sehr*, *sehr* gut. In der Welt. Für jeden Gegner.«

»Ihr Vater war sehr gut im Schach. Er hat sie gelehrt.« Sowohl der Großmeister als auch seine Tochter sahen sich um, möglicherweise in der Erwartung der betreffenden Person, doch war nur der achtzigjährige Mann zu sehen, der sich an den Tischen zu schaffen machte.

»Aber er ist nicht mitgekommen. Gott sei Dank.« Isobel lächelte. »Wohin kann ein solches Spiel führen?« Er lauschte der Frage und lächelte.

»Nirgendwohin«, dolmetschte seine Tochter, »aber vielleicht macht es ihr Spaß.«

Inzwischen hatte sich die Menge völlig zerstreut.

Auf dem Rückweg zu ihrem Hotel spürte Isobel die Wut ihrer Tochter. Wie immer liefen sie ein wenig auseinander – als gehörten sie nicht zusammen. Irgend etwas an der Art, wie ihre Sandalen auf dem Boden schlappten, stimmte nicht.

»Und was ist mit dir los?«

»Ich hätte gewinnen können. Er ist ein Schwindler.«

»Wie meinst du das?«

»Er hat gemogelt. Ich war drauf und dran, zu gewinnen. Ich hab eine Möglichkeit gesehen, ihn zu besiegen. Und ich glaube, er hat sie ebenfalls gesehen – da hat er mir Remis angeboten.« Gillian war den Tränen nahe. »Und das war meine letzte Chance. Männer betrügen. Alle betrügen.«

»Ich bezweifle, daß du recht hast. Außerdem ist es keine große Sache.«

»Keine große Sache? Keine große Sache. Ich bin... ich... ach, verdammte Scheiße...«

»Verzeih mir, daß ich mich nicht wegen einer Sache ereifern kann, für die ganz allein dein Vater verantwortlich ist.«

»Hätte ich mir denken können, daß das dahintersteckt.«

»Gillian, er ist ein Großmeister. Er konnte besser sehen als du, daß es zum Unentschieden kommt.«

»Sag das doch nicht – ich hasse es, wenn du das tust. Als ob ich gar nichts wüßte. Als ob ich zu jung wäre, um auch nur irgend etwas zu wissen. Du kennst nicht einmal die gottverdammten Spielzüge, und trotzdem hältst du zu ihm.«

»Gillian – bitte. Deine Sprache verkommt immer mehr.«

»Es ist immer das gleiche – die Lehrerin weiß es am besten – die Ärztin weiß es am besten – Mutti weiß es am besten.«

»Bitte, nicht schon wieder eine Szene mitten auf der Straße.«

»Ich hasse es, wenn Leute von oben herab mit mir reden.«

»Und wie viele Universitätsabschlüsse hast du? Vielleicht könntest du heute abend meinen Blinddarm entfernen?«

»Wenn's nach dir geht, weiß selbst Vati nichts.«

»Gehirnzellen lassen sich nicht über Nacht zerstören, weißt du. Aber er tut wirklich sein Bestes.«

»Oh, du – du beschissen blöde Kuh. Warum...«

»Wie kannst du es wagen – wie kannst du es wagen, mich so zu nennen.« Isobel holte mit der flachen Hand zu einer Ohrfeige aus. Es folgte das Klatschen von Haut auf Haut. Gillian schrie auf und rannte in die Dunkelheit, ihre Sandalen schlappten auf dem Schotter der Straßendecke.

»Gillian!« Isobel sah sie durch die Dunkelheit aus dem Lichtkreis einer Straßenlaterne zum nächsten rennen. Sie folgte dem weißen T-Shirt und sah, wie ihre Tochter die Stufen zum Strand hinunterbog.

»Verfluchte Scheiße aber auch!«

Das Strandcafé war geschlossen, und der Strand lag im Dunkeln. Der Mondschein war hell genug, um die Silhouetten der Motor- und Tretboote und der aufgestapelten Sonnenliegen zu zeigen. Isobel schlängelte sich zwischen ihnen hindurch bis zum Rand des Wassers. Von Gillian war keine Spur zu sehen. Sie wußte, daß sie ihren Namen nicht rufen durfte. Linker Hand vom Strand befand sich ein Gewirr von Felsen und Steinbrocken. Sie war sich nicht sicher, glaubte aber einen blassen Flecken auszumachen, der ihre Tochter sein mochte. Sie ging auf die Felsen zu. Eine Zigarette – aus der Ferne klein wie ein Nadelkopf – glühte auf und verglomm wieder. Je näher sie kam, desto sicherer war sie, daß es Gillian war. Sie hockte auf einem Fels, etwa so hoch wie der Kopf ihrer Mutter. Sie inhalierte, und im Dunkeln erglühte ihre hohle Hand. Das Meer schwappte heran, in kleinen mediterranen Wellen.

»Es tut mir leid.«

»Du kannst mich mal.«

»Ich hab die Beherrschung verloren. Ich hätte dich nicht schlagen sollen. Du bist alt und häßlich genug, nicht geschlagen zu werden.« Isobel wandte dem Fels den Rükken zu und lehnte den Kopf an. »Daran hat meine Mutter Schuld. Ich hab mir geschworen, es würde nie wieder so weit kommen. Ich weiß nicht, was schlimmer war – geschlagen zu werden – oder zuhören zu müssen. Meine Mutter hatte die sarkastischste Zunge aller Zeiten. Ich habe mir geschworen, mir würde so etwas nicht passieren. Aber daß ich Lehrerin bin, hilft nicht gerade.« Sie sah zu ihrer Tochter hinauf. Die Zigarette glühte erneut auf, dann kam sie an ihrem Kopf vorbeigesegelt und ging im Meer zu ihren Füßen zischend aus.

»Manchmal sag ich Dinge so daher. Dabei meine ich's gar nicht so. Hinterher tut's mir leid. Und ich bringe nicht den Mut auf, sie zurückzunehmen. In diesen Augenblicken bin ich ihr am ähnlichsten. Liebste Mutter. Und ich hasse mich.« Auf dem dunklen Wasser tanzte weiß der Zigarettenstummel. »Wenn noch etwas offen ist zwischen uns, warum gehen wir nicht und trinken etwas – und sprechen darüber?«

»Ich hab gesagt, du kannst mich mal.«

»Du wiederholst dich ein bißchen sehr.«

»Du willst dich nur bei mir einschmeicheln.«

»Gillian, bitte. Tu mir den Gefallen.« Ihre Mutter seufzte und sagte: »Am Tag deiner Geburt warst du in Ordnung, aber seitdem geht's mit dir nur noch bergab.«

Eine kleine Bar am Platz hatte noch geöffnet. Mehrere Tische standen auf dem Bürgersteig, und drinnen brannte Licht. Isobel trat ein und bestellte ein Glas Wein und einen Orangensaft. Ein alter Mann mit Brille stand an der Theke und aß *tapas*. Er starrte sie an mit mahlenden Kiefern. Der Junge, der sie bediente, war hübsch, aber jung. Eher ein

Sohn als ein Liebhaber. Draußen stellte sie die Getränke auf den Tisch und setzte sich. Im Schein des Lichts, das durch die geöffnete Tür fiel, konnte sie sehen, daß Gillian lange geweint hatte – ihr Gesicht sah verquollen und mürrisch aus. Das Mädchen legte die Füße auf einen Stuhl und drehte ihren Körper weg. Isobel bot ihr einen Schluck von ihrem Wein an, den sie ausschlug.

»Jede Generation versucht, eine Veränderung zum Besseren herbeizuführen – wie geringfügig auch immer. Um ein bestimmtes Stück Abfall in den Mülleimer zu werfen.«

»Hach – und was war deins?«

»Meine Mutter und ich haben nie miteinander geredet. So wie wir jetzt.«

»Großartig. Einfach großartig. Was ich immer schon gewollt habe. Die Erfüllung all meiner Träume. Mit meiner Mutter reden.«

»Glaub mir, es ist besser, als eingeschnappt zu sein. Wir waren eine Familie von Eingeschnappten – tagelang, wochenlang.«

»Das wäre mit lieber.«

»Gillian – ich weiß – ich glaube, ich weiß, wie sehr es dich schmerzt – wie schwierig es für dich gewesen ist.«

»Einen Scheißdreck weißt du.« Isobel streckte die Hand aus, um den Arm des Mädchens zu berühren, doch Gillian entzog sich und begann in der Hose ihrer Shorts zu kramen. Sie nahm eine Packung Gauloises und ein Briefchen Streichhölzer mit dem Aufdruck Hotel Condor heraus. Eine Zigarette klopfte sie auf den Tisch und zündete sie an.

»Das ist auch so etwas, worüber wir sprechen sollten.«

»Was?«

»Rauchen.«

»Warum?«

»Weil es tötet.«

»Gut.« Sie inhalierte tief und blies zwei Säulen Rauch aus der Nase. »Dazu ist es da.«

»Weißt du noch den Aufkleber an der Haustür – Meine Mutti ist ein Raucherkiller? Das war das Schwierigste, was ich je unternommen habe – das Rauchen aufzugeben. Dir zu Gefallen.«

»Donnerwetter – danke auch.«

»Darüber, daß du alte Männer bestiehlst, können wir ein andermal sprechen.«

»Ich habe ihn nicht bestohlen. Er hat sie auf dem Tisch liegenlassen.«

Der alte Mann, der die *tapas* gegessen hatte, trat aus dem Eingang und tapste, etwas unsicher auf den Beinen, die mit Kopfstein gepflasterte Straße hinauf. In der Nähe saß eine lautstark zirpende Grille.

»Das ist deine Version.«

»Verdammt, halt endlich die Klappe«, rief Gillian gellend. Dann fing sie an zu lachen. »Ich meine das Insekt – nicht dich, Mutti.« Ihre Mutter lächelte.

»Meine Mutter hat immer gesagt, es hätte ihr großes Vergnügen bereitet, zu den Leuten zu sagen: ›Das ist meine Tochter.‹ Heute abend habe ich sie verstanden. Ich glaube, einmal bin ich sogar rot geworden.«

»Willst du mich verarschen? Meinst du das sarkastisch?«

»Nein. Ich war stolz auf dich. Vielleicht zum ersten Mal.«

»Aber es war Vati, der mir's beigebracht hat. Hat mit dir nichts zu tun.«

»Ich war stolz auf dich, auch wenn Schach sein Werk war. Der Großmeister von Glasgow. Wahrscheinlich kannst du's nicht erwarten, bis du's ihm gesagt hast.«

»Was?«

»Die Sache mit dem Remis.«

»Geht dich nichts an.«

»Gillian – hilf mir doch, dich gern zu haben.«

»Aber ich *will* nicht, daß du mich gern hast. Ich hasse mich – wie kann mich da irgend jemand gern haben?« Ihr Kinn begann zu zittern, und das Mädchen weinte wieder. »Die ganze Sache ist so beschissen blöde. Fünf Jahre nichts als beschissene Blödheit.«

Isobel legte den Arm um ihre Schulter und rechnete damit, daß Gillian zurückzucken würde, was sie aber nicht tat. Sie fühlte, wie sie beim Weinen erzitterte, und klopfte ihr auf die Schulter.

»Wo ist die Lotion?« fragte sie und lächelte. Lange saßen sie so da und sagten nichts – die Nacht erfüllt vom Lärm der Grillen.

Schweigeexerzitien

Das Spiel war fast vorüber. Ein vom Flügel heranstürmender Junge schlenzte den Ball über den Kopf des Torhüters, der Ball prallte auf und segelte zwischen den verlängerten Torpfosten durch.

»Menschenskind, Declan! Was soll denn das?«

»Wieso denn? Wo sind die Verteidiger? Ich bin aus dem Tor gelaufen, um den Winkel zu verkürzen.«

»Menschenskind.«

Die Gefängnismauer am unteren Ende des Sportplatzes war so hoch, daß sie ein Echo zurückwarf. In den Bäumen, die das Spielfeld umstanden, veranstalteten die Stare einen metallischen Lärm, gelegentlich unterbrochen vom Geräusch des Herabstoßens. Es wurde dunkel. Weil es kein richtiges Match war, trugen die Jungen ihre eigenen Klamotten – sie wußten, wer in welcher Mannschaft spielte.

»Das nächste Tor entscheidet.«

Der Ball war über die Laufbahn gesprungen, und Declan setzte über den Zaun und machte den Abstoß von dort.

Eine Stimme sagte: »Blöder Idiot.« Declan fuhr erstaunt herum. Dort war nie jemand. Nur der B-Special, der Wachposten der Polizei-Sondereinheit, am Fuß der Gefängnismauer. »Du bist zu weit rausgelaufen.« Es *war* der B-Special.

Seine ganze Schulzeit hindurch hatte Declan keinen von diesen Kerlen jemals sprechen hören. Und doch waren sie immer da, Tag und Nacht, am Fuß der zehn Meter hohen grauen Backsteinmauer. Mit all ihrem Hin- und Hergelaufe hatten sie im Gras einen Pfad ausgetreten. Declan blickte über die Schulter.

»Haben Sie was gesagt?«

»Ja. Ich hab gesagt, du bist zu weit hinausgelaufen.«

»Wer sagt das?«

»Ich sage das.«

»Und was verstehen Sie davon?«

»Mehr, als du denkst, mein Junge.«

Zwischen ihnen lagen acht bis zehn Meter Abstand. Der B-Special stand oben auf einem flachen Grasstreifen. Der Abstand schien zu dämlich, um sich weiter zu unterhalten. Declan blickte über die Schulter, um zu sehen, an welchem Ende des Spielfelds der Ball war.

»Früher war ich Talentsucher«, sagte der B-Special.

»Ach nein, wirklich?«

»Nein, im Ernst.«

»Für wen?«

»Für einen Verein in England.«

»Quatsch.« Declan schwang sich über den doppelt geflochtenen Drahtzaun und rannte zu seinem Tor. Die Kälte machte ihm jetzt wirklich zu schaffen. Er wollte auf und ab springen, mit den Armen schlagen, aber er war sich bewußt, daß er beobachtet wurde. Er wollte nicht albern aussehen, ohne jeden Grund herumhüpfen wie ein Kind. In den obersten Fenstern des Gefängnisses gingen die Lichter an – der republikanische Trakt.

Eines Abends hatten sie gehört, wie die Gefangenen dort oben schrien und mit Metallgegenständen an ihren Fenstern klapperten. Wie Blechnäpfe hatte es geklungen. Es war schlimm. Zu denken, daß sie dort einsaßen. Aber noch schlimmer war das Wissen, daß die Gefangenen *sie* hören konnten: wie sie Fußball spielten, wie sie schrien, wenn sie ein Tor schossen, wie sie sich darum stritten, wer einwerfen durfte. Die Leute wurden richtig ärgerlich, was das anging – Einwürfe und Eckbälle. Bis ins Gefängnis wurde es getragen, das Gezänk. Leute, die zum Abendessen nach Hause gehen oder die Straße hinunterlaufen konnten, die machen konnten, was sie wollten – Leute auf freiem Fuß –, hatten nichts besseres zu zun, als zu streiten und zu zanken.

Aus dem Dunkel kam ein Bursche in einem Celtic-Trikot herangestürmt und trat den Ball. Declan sprang hoch, konnte den Ball eben noch mit den Fingerspitzen berühren und lenkte ihn über die Auslinie zur Ecke. Jemand schlug ihm anerkennend auf den Rücken, als er im Schlamm lag.

»Gut gerettet, Kleiner.«

Und wenn der Typ wirklich ein Talentsucher war? Ob er das gesehen hatte? Die Ecke wurde getreten und der Ball weggeschlagen.

Nach einer Weile erschollen vom unteren Ende des Spielfelds Schreie und abgerissene Jubelrufe.

»Ist es aus?« rief Declan, aber niemand beachtete ihn.

Die Jungen zogen davon. Er hörte das Schwirren von Draht und das Schlurfen von Stiefeln auf der Aschenbahn, als sie zum Klassenzimmer liefen, um sich umzukleiden.

»Danke für die Auskunft«, schrie er ihnen nach. Sie beachteten ihn immer noch nicht. Er sprintete zu den Torpfosten zurück, um seine Mütze zu holen, in der er sein Geld aufbewahrte.

»He, komm mal her.« Declan sah auf. Es war wieder der B-Special.

»Was ist?«

»Ich hab gesagt, komm mal her.«

Declan stieg mit gespreizten Beinen über den Drahtzaun und blieb am Fuß der Böschung stehen.

Der B-Special sagte: »Ich will dich was fragen.«

Declan wartete.

»Komm mal rauf.«

Declan schaute sich um.

Die anderen waren verschwunden. In dem Barackenraum seiner Klasse in der Ferne ging Licht an. Er grub seine Stollen in die grasbewachsene Böschung und kletterte etwas höher.

»Ich beiß dich schon nicht.«

Declan zuckte im Dunkeln die Achseln.

»Was ich dich fragen wollte – das ist doch eine römisch-katholische Schule, nicht? Dann verrat mir doch mal eins. Da sind doch katholische Priester drin, stimmt's? Ich seh sie immer auf der Aschenbahn spazierengehen.«

Declan nickte, immer noch auf die Frage wartend.

»Rauchst du?«

»Ja.«

Der B-Special langte in die Tasche seines Regenmantels. Als der Stoff seines Ärmels verrutschte, machte er eine Art pfeifendes Geräusch. Aus der Schachtel, die ihm im Dunkeln hingehalten wurde, sah Declan die blassen Zigaretten ragen. Seine Hände waren schmutzig, doch war der Lehm fast getrocknet. Er griff zu und nahm sich eine. Er hörte ein metallisches Klicken, ein Sturmfeuerzeug flammte auf.

»Vielleicht heb ich sie mir für später auf«, sagte Declan.

»Verdammt, die rauchst du jetzt.« Declan wußte nicht, ob der Mann scherzte oder nicht. Er zündete erst Declans Zigarette an, dann seine eigene. Im Schein des Feuerzeugs sah Declan, daß der Mann einen dünnen, schwarzen Schnurrbart trug. Er wirkte viel zu jung.

»Meine Frage lautet: Diese katholischen Priester – wie halten die's eigentlich mit dem Sex?«

»Gar nicht. Die sind zölibatär.«

»Wie alt bist du, mein Junge?«

»Sechzehn.«

»Wenn du das glaubst, glaubst du alles.«

»Bin ich aber. Im März werde ich siebzehn.«

»Nein – ich meine die Sache mit dem Zölibat.«

»Sie heiraten nicht oder so.«

»Ich würde gern mehr über dieses ›oder so‹ hören.«

»Sie haben sich Gott geweiht. Guten Taten.«

»Und diese schwarzen Kittel, die sie tragen...?«

»Soutanen.«

»Egal wie die hießen... all diese Knöpfe. Wie die auf der Aschenbahn rumlaufen, die Hände auf dem Rücken! Oder eher in den Taschen. Willst du mir etwa vormachen, die Typen tun gar nichts? Wo sie doch dieselbe Ausstattung haben wie wir?«

»Ja – soviel ich weiß.«

»Du bist vielleicht leichtgläubig, Junge. Äußerst leichtgläubig. Das sind doch alles ganz beschissene Heuchler. Lügner.«

Es trat eine lange Pause ein. Declan inhalierte den Rauch, legte den Kopf zurück und stieß ihn aus, als säße er in der gedrängten Enge einer Toilette. Er würde hierbleiben und die Zigarette zu Ende rauchen müssen. Womöglich lungerte der Vorsteher oder jemand anders in den Umkleideräumen herum. Er war schon zweimal dabei ertappt worden, wie er – mit den Worten des Vorstehers – »seiner Gewohnheit frönte«. Und beide Male mit dem Rohrstock gezüchtigt worden. »Ausgerechnet du solltest doch wissen, daß dich das in deinem Wachstum hemmt.«

»Lügner und Heuchler«, sagte der B-Special wieder.

»Sind sie nicht.«

»Woher weißt du das?«

»Ich kenne einige Priester, und vielleicht...«

»Vielleicht was?«

»Vielleicht werde ich... selbst mal einer.«

»Was – ein Priester?« Der B-Special lachte, eine Art leises Glucksen. »Leck mich.« Er schüttelte den Kopf. »Daß ich aber auch immer ins Fettnäpfchen treten muß.« Er räusperte sich. »Ich finde das sehr traurig. Die reinste Verschwendung – und ich dachte, aus dir würde ein gescheiter Kerl. Wie heißt du?«

»Declan.«

»Declan wie?«

»Declan MacEntaggart.«

Diesmal lachte der B-Special laut heraus und sagte: »Du solltest wirklich besser Priester werden, mit so 'nem Namen wirst du nicht viele Stellen kriegen. Bis du Interner oder Externer?«

»Interner.«

»Von wo?«

»Aus Ardboe.«

»Ach du liebe Scheiße! Wo liegt denn das?«

»Lough Neagh – bei Cookstown.«

»Das ist republikanisches Terrain da oben. Harte Burschen, nach allem, was man hört.«

»Wo kommen Sie her?«

»Aus Glengormley.« Der B-Special nahm seine Maschinenpistole von der Schulter und lehnte sie mit dem Lauf nach oben gegen die Mauer. Dann kauerte er sich hin, um seine Zigarette zu rauchen. Sein Kopf war jetzt fast auf gleicher Höhe mit Declans. »Siehst du die«, sagte er und nickte zur Mauer hin, »bei so was langweilt man sich zu Tode.«

»Sie haben nicht für eine Mannschaft nach Talenten gesucht.«

»Hab dich nur verarscht. Wollte, daß du ein paar gute Paraden machst. Hab mich schrecklich gelangweilt hier oben.«

Declan spürte die Regenspritzer auf seinen nackten Beinen. Von den wenigen Paraden, die er zuvor gemacht hatte, waren sein Gesäß und seine Seite mit schwarzem, feuchtem Dreck verschmiert. Die Asche im Torbereich hatte feine Risse auf seinen Knien hinterlassen, die bluteten. Er versuchte, seine Zigarette zu Ende zu rauchen. Er machte mehrere rasche Züge, so daß sie heiß und weich wurde.

»Nicht so hastig«, sagte der B-Special. Er richtete sich aus seiner Hockstellung auf.

»Es ist eiskalt. Ich muß gehen. Es fängt an zu regnen.« Declan warf die brennende Zigarette aufs Gras und drückte sie mit den Stollen seines Stiefels aus.

»Wann wirst du mir die zurückgeben?«

»Was?«

»Die Kippe.«

»Sie verarschen mich ja schon wieder.«

»Ich bin nicht aus Moneten gemacht. Du schuldest mir eine, Kleiner. Morgen nachmittag bin ich wieder hier. Um die gleiche Zeit.« Der B-Special rauchte seine Zigarette zu Ende und schleuderte sie in die Dunkelheit.

»Ich kann nicht.«

»Warum nicht?«

»Morgen macht die ganze Schule Schweigeexerzitien.«

»Schweigeexerzitien? Was zum Himmel ist denn das?«

»Ein Tag, an dem niemand spricht. Wir beten.«

»Klingt, als würdet ihr schweigend exerzieren.« Er lachte, und Declan stimmte in sein Gelächter ein.

»Wie kann ich Ihnen Ihre Kippe zurückgeben – wenn ich nicht einmal weiß, wer Sie sind – oder wie Sie aussehen?«

Der B-Special bewegte sich, und plötzlich schien eine helle Taschenlampe in Declans Augen. Der B-Special kehrte sie gegen sich selbst und beleuchtete von unten sein Gesicht. Declan konnte kaum sehen, weil sich seine Augen erst von dem plötzlichen grellen Lichtstrahl erholen mußten. Helle Regenstriche kreuzten den Strahl.

»Das bin ich«, sagte der B-Special. »Wachtmeister der Sondereinheit, Irvine Todd.« Er sah aus wie neunzehn, war aber vermutlich älter. Er hatte eines von diesen jungen Gesichtern – so jung, daß er versuchte, es mit einem Schnurrbart älter zu machen.

»Vielleicht sehen wir uns«, sagte Declan und tanzte seitwärts den Hang hinab. Er schüttelte einige Münzen aus seiner Mütze und zog sich diese fest ins Gesicht.

Der B-Special rief ihm nach: »He!«

Declan drehte sich um. Der Strahl der Taschenlampe zitterte über die hohe Mauer. »Das ist nie passiert.«

»Was?«

»Daß wir miteinander geredet haben. Es verstößt gegen die Scheißvorschriften. Verstanden?«

»Soll mir recht sein«, sagte Declan. Wachtmeister Irvine Todd richtete die Taschenlampe auf die Mauer, wackelte hin und her und ließ den Lichtkegel von ihm weggleiten, bis er zu einer hellen Ellipse wurde, dann riß er ihn wieder herum.

»So 'n Arsch«, sagte Declan. Er hatte den Stahldraht überwunden und rannte auf das Licht der Umkleideräume zu.

Als es dunkel wurde, ging Declan direkt zur Rennbahn. Ein Flug Stare stieß auf die Gefängnismauer herab und zog sich zu einem Richtungswechsel zusammen. Es liefen nur ein oder zwei Jungen umher – allein, sie mußten ja schweigen. Am Fuß der Gefängnismauer stand, von Sträuchern halb verdeckt, ein uniformierter Wachtposten. Declan ging einmal an ihm vorbei und versuchte zu erkennen, ob es Wachtmeister Irvine Todd war. Der Kerl hier hatte den Schirm seiner Uniformmütze tief ins Gesicht gezogen und stand so weit entfernt, daß er auch jeder andere hätte sein können. Wenn Declan über den Zaun stieg und sich anschlich und es nicht der Typ war, den er kannte, würde der Kerl womöglich auf ihn schießen. B-Specials standen in dem Ruf, den Finger schnell am Abzug zu haben. Die Stare ließen sich in den Bäumen auf der anderen Seite der Aschenbahn nieder und fingen mit ihrem Gezeter an. Declan wartete und starrte zu dem B-Special hinauf.

»He!« Es hörte sich albern an, wie Declan den Anruf sprach, statt ihn zu schreien. Der B-Special wandte sich um.

»Bist du's?«

»Ja.«

»Ich brauch unbedingt 'ne Kippe, mein Junge.«

Declan sah sich gründlich um, dann stieg er über den Stacheldraht. Jetzt schirmten ihn die Büsche vor der Aschenbahn ab.

»Hier oben ist mächtig was los. Meine Nerven sind zum Zerreißen gespannt. Drei Morde, eine Vergewaltigung und zehn Ausbruchsversuche.« Declan steckte die Hand in die Hosentasche und holte die Zigaretten hervor. Eine weiße

Schachtel Senior Service. »Mein Gott, wo kriegst du denn Fünferschachteln her?«

»Die besorgen uns die Externen. Ich hab ihm zehn gesagt, aber der muß taub gewesen sein.« Todd zog sein Sturmfeuerzeug heraus und nahm eine Zigarette aus der Schachtel.

»Was soll das heißen, die besorgen euch die Externen?«

»Wir selber können nicht. Wir dürfen nicht hinaus.« Declan ließ den Deckel zuschnappen.

»Wieso nicht?«

»Declan zuckte die Achseln. »Schulordnung – Vorschriften für die Internen.«

»Vertrauen sie den Priesterlehrlingen nicht?«

»Nicht alle von uns wollen Priester werden.«

»Ha, das kannst du deiner Großmutter erzählen.« Declan schob die schmale Schachtel wieder in die Tasche. »Willst du selber keine?«

»Nein...« Declan schaute über die Schulter. »Ich muß los.«

»Scheißspiel! Ich sehe doch dämlich aus – allein hier rumzustehen und zu rauchen.«

»Es ist ein bißchen riskant.«

»Nimm schon 'ne Kippe, Großer. Wenn wer was dagegen hat, schieß ich ihm die Beine unterm Arsch weg.« Mit der flachen Hand schlug er auf seine Maschinenpistole. »Mach schon.« Er schnipste das Feuerzeug an und hielt es Declan hin. Innerhalb des Metallrands flackerte die Flamme bläulich im Wind. Declan nahm die Schachtel wieder hervor und zog eine Zigarette heraus. Er beeilte sich, sie anzuzünden.

»Danke.« Er umschloß die Zigarette mit der hohlen Hand und deutete mit dem Kopf auf die Maschinenpistole. »Was ist denn das überhaupt?«

»Eine Pistole.« Declan lächelte.

Der B-Special sagte: »Eine 9mm MP. Die Rückschlaghinderer machen sie aus Büroklammern.«

»Sieht aus wie Ihr Feuerzeug. All die Löcher im Lauf.«

»Scheiße, genausogut könnte man einen Speer haben. Keine Zielgenauigkeit. Die schmiert einem immer nach oben weg.« Er tat so, als würde er die Maschinenpistole von der Hüfte abfeuern. »Peng, peng, peng, peng – sieht immer aus wie 'ne Acht. Egal wie man sich anstrengt, immer schmiert sie einem nach oben weg – hat 'ne wahnwitzige Streuung.«

»Ich verstehe nichts von Pistolen«, sagte Declan. Er fühlte sich sicherer, wenn er sich hinkauerte. Der B-Special lehnte sich gegen die Gefängnismauer.

»Was hattest du gesagt, was ihr heute macht?«

»Schweigeexerzitien.«

»Ach ja.« Der B-Special schnalzte mit den Fingern. »Ich hab nach dem Wort gesucht, für meine Ma. Schweigeexerzitien. Aber es ist mir nicht mehr eingefallen.«

»Haben Sie mit Ihrer Mutter gesprochen... über...?«

»Ja, gestern abend. Hab gesagt: ›Ma, du wirst es nicht glauben, aber ich hab mit jemand geredet, der katholischer Priester werden will.‹ Ich ziehe sie gern auf. Es treibt sie zum Wahnsinn. Sie ist entsetzlich bigott.« Er schüttelte den Kopf und lachte. »Sag mal – was bezweckt ihr eigentlich damit? Wem soll das nützen?«

»Was?«

»Schweigen. Nicht sprechen.«

Es trat eine Pause ein.

»Es erlaubt es uns, darauf zu horchen, was Gott uns sagt.«

»Das hast du dir noch nicht selbst ausgedacht.« Todd starrte ihn an. »Das ist doch das übliche katholische Pfaffengewäsch.« Declan antwortete nicht. »Und was hat er – mit großem E – dir heute gesagt?«

»Das ist kein Thema, mit dem man seinen Scherz treiben soll. Es ist meine Privatangelegenheit.«

»Verstehe – so wie Sex. Wie heißt du gleich wieder?«

»Declan.«

»Sag mir doch, Declan, hast du vor, ein Loch zu bohren, bevor du Priester wirst?«

»Seien Sie noch nicht so furchtbar schweinisch.« Declan richtete sich aus seiner Hockstellung auf und machte Anstalten zu gehen. Die Zigarette war noch zu lang, um sie wegzuwerfen, und auf die Aschenbahn konnte er mit ihr auch nicht laufen. Er betrachtete sie zwischen seinen Fingern.

»Schon gut, schon gut. Bleib, wo du bist. Ab und an verarsche ich die Leute ganz gern. Aber du klingst schon fast wie Ma.«

»Nein, wirklich. Ich sollte besser gehen.«

»Du setzt dich wohl auf's hohe Roß, was? Gymnasiast sagt einem Wachtmeister Ihrer Majestät, er kann ihn mal am Abend besuchen.«

»Das ist es nicht. Aber Schweinereien mag ich nicht.«

»Was für Schweinereien?«

Declan hob die Schultern.

»Sex – so was ist einfach...«

»So ist die Welt nun mal, mein Junge. Das solltest du besser kennenlernen, wenn du den Rest deines Lebens damit verbringen willst, alles wieder einzurenken. Du solltest wissen, was unter den Decken passiert – jeden Stoß und jeden Ruck kennen –, bevor du hingehst und den Leuten erzählst, was sie alles nicht tun dürfen.«

»Shakespeare brauchte auch niemanden zu ermorden, bevor er *Macbeth* schrieb.«

»Jetzt willst du mich wohl mit Gelehrsamkeit blenden?« Declan sah auf seine Füße und versuchte, nicht zu lachen. Die abgeschurften Stellen auf seinen schwarzen Lederschuhen waren von dem nassen Gras, durch das er gelaufen war, blaß geworden. »Da mußt du dich schon in allen Feinheiten auskennen.« Der B-Special verstummte. »Weißt du, daß unten auf dem Handballplatz ganz schön rumgestochert wird?«

»Herumgestochert?«

»Die Jungen stochern einander in den Hosen rum.«

»Das denken Sie sich doch aus?«

»Bei Gott, ich schwör's dir. Von hier oben kann ich alles sehen. Schwul wie sonst was – diese Internate.«

»Schauen Sie, eigentlich dürfte ich gar nicht hier sein.«

»Und ich nicht mit dir reden. Tu's aber trotzdem, oder etwa nicht?«

Im republikanischen Trakt gingen die Lichter an. Declan warf seine Zigarette ins Gras.

»Ich geh jetzt lieber.«

»Hast du da drinnen Freunde?«

»Wo?«

Der B-Special nickte zu den erleuchteten Fenstern hinüber.

»Nein.«

»Bist du Republikaner?«

»Ich würde gern ein vereintes Irland sehen, falls Sie das...«

»Wie kannst du ein vereintes Irland haben, mit mir drin und mit dir?« Er lachte laut auf und versetzte der Luft einen Faustschlag. »Fuck the Pope and No Surrender!« Declan mußte über die Parolen lächeln. »Nee – du bist ein viel zu netter Kerl, um sich mit diesem Abschaum abzugeben. Manchmal denke ich, die Mauer hier steht deswegen, um die Leute daran zu hindern, daß sie einbrechen und die Schweine lynchen. Hier – bedien dich.« Der B-Special hielt ihm eine Schachtel Gallagher's Blues hin. Declan lehnte ab.

»Zwei hintereinander weg – da wird mir schwindlig.«

»Du bist der erste Katholik, mit dem ich mich je unterhalten habe – abgesehen von einen Typ auf der Arbeit.«

»Auf der Arbeit?«

»Oh ja, der Job hier ist nur halbtags. Morgens mach ich meine Runde als Milchmann – weißer Rock am Morgen, schwarzer Rock bei Nacht. Der Sold ist nicht gerade umwerfend, aber besser als gar nichts. Wenn mir meine tägliche Runde mehr einbrächte, würde ich hier nicht rumstehen wie 'n Rammdösiger und mit dir reden.«

»Vielen Dank.«

»Aber es hat auch seine Vorteile – die Barmänner scheißen sich vor Angst in die Hosen. Ein paar von uns brauchen nur in Uniform in 'n Pub zu gehen, und schon kriegen wir sämtliche Getränke umsonst – und soviel du rauchen kannst. Hier.« Wieder hielt er ihm die Schachtel Zigaretten hin. Declan zögerte. »Bist dir wohl zu schade für meine Marke? Ich nehme an, wenn's Gallaghers Greens wären, würdest du sie rauchen.«

»Nein, nein – das ist es nicht.«

»Wenigstens ist es eine Zehnerschachtel.«

Declan nahm eine Zigarette und wollte sie eben anzünden, als er unten auf der Aschenbahn etwas hörte. Er hielt inne und spähte ins Dunkel.

»Warte.« Der B-Special ließ den Deckel des Feuerzeugs wieder einschnappen und löschte die Flamme. Er fragte: »Wer ist es?«

»Keine Ahnung.«

Die Gestalten kamen näher, ihre Füße knirschten auf der Aschenbahn. Declan konnte jetzt ihre Stimmen hören, dann erkannte er die tiefe Lache.

»Der Präfekt«, sagte er und kauerte nieder. Die andere Stimme konnte er nicht genau hören, aber doch deutlich genug, um zu wissen, wer es war.

»Na und?«

»Psst...«

»Was ist denn los?« fragte der B-Special. Declan brachte ihn mit einem »Psst!« zum Schweigen. Der B-Special senkte seine Stimme zu einem Flüsterton. »Mein Gott, Junge, dir ist ja wirklich bange vor diesen Kerlen.« Er hockte sich neben Declan, der sich hingeduckt hatte, und schlug mit der flachen Hand auf das Metall der MP. »Soll ich sie über den Haufen schießen?« Declan schüttelte den Kopf und legte warnend einen Zeigefinger auf die Lippen. Inzwischen befanden sich die Priester genau unter ihnen. Declan bildete sich ein, in der Dunkelheit auf gleicher Höhe ihre weißen Kragen sehen zu können. Ihre Stimmen klangen gedämpft, und er konnte nicht verstehen, was sie sagten. Sie gingen vorüber, und Declan stand wieder auf.

Der B-Special wisperte: »Welcher von den beiden ist der Präfekt?«

»Der erste.«

»Und der andere?«

»Father Cairns – unterrichtet Latein. Der ist in Ordnung.«

»Kein Jesuit ist in Ordnung.«

»Es sind keine Jesuiten.«

»Was mich betrifft, sind es alles gottverfluchte Jesuiten.«

»Sie hören überhaupt nicht zu.«

Der B-Special beugte sich vor und schnipste mit dem Daumen einen Funken aus seinem Sturmfeuerzeug.

»Du glaubst doch nicht etwa wirklich an Gott, oder?«

Declan zündete seine Zigarette an und stieß den Rauch aus. »Doch. Sehr sogar.« Er schaute den Priestern auf der Aschenbahn nach. Hören konnte er sie noch leise, aber nicht mehr sehen. Er räusperte sich und sagte: »Die Welt ist eine äußerst verwickelte Sache. Stimmt's?«

»Oh ja, Einbahnstraßen... Singen...« Der B-Special hielt inne und dachte nach. »Und diese verdammten gläsernen

Lampenschirme mit toten Fliegen drin. Wie meine Ma die haßt!«

»Also, etwas so Verwickeltes wie die Welt kann nicht einfach von selbst zustande gekommen sein. Dahinter muß eine allerhöchste geistige Wesenheit stecken. Stimmt's?« Mit übertrieben eifrigem Nicken machte sich der B-Special über Declans Ernst lustig. Declan beachtete ihn nicht.

»Wie viele Male müßten Sie sämtliche Einzelteile einer Uhr in die Luft werfen, bevor sie landen und die Zeit anzeigen könnten?«

»Verdammt oft. Verflucht oft.«

»Also...?«

»Also was?«

Das Argument, das er in groben Zügen aus Canon Sheehans *Apologetik* in Erinnerung hatte, war ihm so einfach vorgekommen. Er stockte.

»Ich meine, wenn die Welt so verwickelt ist wie ein Uhrwerk – was Sie gerade zugegeben haben –, dann muß ein Uhrmacher – äh – Gott oder eine geistige Wesenheit namens Gott sie zusammengesetzt haben.«

»Das ist so was von bescheuert, daß ich kaum glauben kann, daß du das gesagt haben sollst, Declan. Die verwickeltste Sache von der Welt ist meine tägliche Runde als Milchmann. Wer hat sich die ausgedacht? Gott? Die ist einfach zustande gekommen. Leute, die Milch trinken, leben an verschiedenen Orten. So einfach ist das.«

»Ich glaube, Sie stellen sich absichtlich so dumm.«

»Ach nee, wirklich?«

»Ja.«

»Die Welt ist nicht verwickelt. Sie ist denkbar einfach. Ein Stein ist ein Stein. Und eine Mauer ist eine Mauer.« Er klatschte mit der flachen Hand auf die Mauer. »Und diese beschissene Mauer ist voll von Steinen. Hab ich recht? Ist das verwickelt oder einfach?«

»Darum geht es doch gar nicht«, sagte Declan. Er begann, sich über den Hang zurückzuziehen.

»Du redest schon ganz wie ein katholischer Pfaffe, Declan – ich glaube, aus dir wird noch einer.«

»Ich hoffe es.«

»Ich glaube, du leistest ganze Arbeit und wirst Jesuit.«

»Ich gehe jetzt.«

»Warum will jemand katholischer Priester werden? Verdammt, das ist so was von pervers – Gott hat dir einen Schwanz gegeben, daß du ihn benutzt.«

»Sie sind schon wieder schweinisch.«

»Nein – ich meine's ernst.«

»Sie verstehen mich nicht.«

»Allerdings nicht. Bestimmte Dinge muß man mir erklären.«

»Gott hat uns den Appetit gegeben. Indem wir uns enthalten – indem wir uns Dinge versagen, werden wir zu gefestigteren Menschen. Keine Süßigkeiten zur Fastenzeit – so etwas eben. Disziplin. Das bedeutet doch nicht, daß Süßigkeiten verkehrt sind.«

»Warum enthältst du dich dann nicht des Lernens, des Studierens? Warum bleibst du nicht blöd – wie ich? Das wäre doch ein großes Opfer. Verdammte Scheiße noch mal, wen willst du eigentlich veralbern? Ich bin mit vierzehn von der Schule abgegangen, und das war die klügste Entscheidung meines Lebens.«

»Ich glaube, Sie leiden an einem Minderwertigkeitskomplex.«

»Uuuh! Nun hört euch den an! Hört euch den Bürger zweiter Klasse an!« sagte der B-Special. »Du willst wohl, daß ich A-Special werde?«

»So etwas gibt es nicht«, sagte Declan.

»Gibt es wohl. Gab es. In den zwanziger Jahren. Die waren dringend notwendig, um zu verhindern, daß ihr Arschlöcher größenwahnsinnig werdet.« Er stieß mit dem Zeigefinger nach Declans Gesicht. »Wie alt, hast du gesagt, bist du?«

»Nächsten Monat siebzehn.«

»Dann hör auf, mir so von oben herab zu kommen. Du hast diesen papistischen Tonfall drauf.«

»Sie sind viel zu empfindlich. Das hab ich doch gar nicht gemeint.«

»So – ich bin viel zu empfindlich, wie?« Er dachte einen Augenblick nach, dann hob er die Maschinenpistole und schwenkte sie langsam herum, bis die Mündung auf den Jungen wies. »Ich bin ein Mann mit einem Minderwertigkeitskomplex?« Die Rippen in Declans Brustkorb fühlten sich an, als würden sie jeden Augenblick nachgeben.

Er sagte: »Ich verstehe nicht viel von Pistolen, aber das weiß ich, daß das ganz bestimmt nicht erlaubt ist.«

»An Vorschriften hab ich mich noch nie gehalten, Declan, oder?« Er benutzte die Maschinenpistole wie eine Jagdbüchse und visierte entlang dem Lauf Declans Herz an.

So standen sie lange da. Declan hatte Angst, ohnmächtig zu werden. Er mußte immer wieder schlucken.

»Sie sind wirklich blöd...« Declan hörte, wie seine Stimme zitterte.

»Weil ich keine gute Schulbildung hatte...« Declan fand die Kraft, sich von der Stelle zu rühren, und fing an, langsam den Hang hinabzugsteigen. »Bleib, wo du bist, und rauch deine Zigarette zu Ende.« Der Junge zauderte.

»Hören Sie auf, mit dem Ding auf mich zu zielen.«

»Hier habe ich zu befehlen. Sag deine Gebete. Au ja, was für eine prima Idee. Sprich mir nach: Unser Vater, was du bist im Himmel...«

Den Blick auf die Maschinenpistole geheftet, ging Declan rückwärts den Hang hinunter. Inzwischen war es fast pechschwarz. Den Rest der Zigarette schleuderte er von sich und trat über den Drahtzaun auf die Aschenbahn. Er wollte rennen, ging aber so gelassen, wie er konnte.

Der B-Special schrie hinter ihm her: »Heute ist Schulbildung doch keinen Furz und Pfifferling wert. Ich bin froh, daß ich damals abgegangen bin.«

Declan schaute nicht über die Schulter, aber er spürte, daß die Maschinenpistole genau auf seinen Rücken zielte, und während er den Lichtern der Schule entgegenlief, brannte das Gefühl die ganze Zeit in seinem Rücken. Es schien eine Ewigkeit zu dauern, bis er den Mut aufbrachte, sich umzudrehen. Selbst in der Dunkelheit mußte sein weißes Gesicht auch aus der Ferne noch zu sehen sein. Vom Fuß der Mauer schrie der B-Special aus vollem Hals, daß es widerhallte: »Ich scheiße auf die Zukunft.«

Am Strand

Sie saßen einander gegenüber am Tisch in dem kleinen Apartment. Er war eben erst aus dem Bett gestiegen. Als erstes hatte er zwischen den Querleisten der Fensterläden hindurchgespäht, um die Aussicht zu prüfen – weiße Apartments, zwei Kräne und dahinter das Blau des Mittelmeers. Er trug eine Unterhose und ein Hemd, das seinen Bauch verhüllen sollte. Sie war schon vorher aufgestanden, um zum Supermercado zu gehen und das Nötigste einzukaufen. Das *Welcome-Pack* sollte ihnen ja nur über die Nacht hinweghelfen – Aufgußbeutel, einige Einzelportionen Instantkaffee, eine Packung trockener Kekse.

»Das Kellogg's-Zeug ist so teuer, daß es einen schüttelt«, sagte sie. Er nickte und versuchte, den Milchkarton zu öffnen. »Ich bin mir nicht ganz sicher, wieviel das in Pfund ist, aber die Packung All-Bran kostet genausoviel wie eine Flasche Weinbrand.«

»Aber sie lohnen sich wegen der Verdauung. Meinem Darm wird's besser gehen, bevor die Woche um ist.« Er versuchte, die abstehenden Enden des Wachskartons hochzudrücken, aber sie gaben nach, und er bekam ihn nicht auf.

»Scheißspiel.« Er stand auf und wühlte in der Schublade mit dem zum Apartment gehörenden Besteck geräuschvoll nach einer Schere. Sie sah in den Schränkchen unter der Spüle nach.

»Hey – ein Toaster.« Sie hob ihn hoch. Er mußte über das seltsame Design lächeln – es war, als hätte jemand den inneren Mechanismus eines gewöhnlichen Toasters ausgebaut. Sie schloß ihn an, um zu sehen, ob er funktionierte, und die Drähte wurden fast sofort glühendrot. Die Steckdose war unter der Spüle, so daß sie den Toaster nur auf den Boden stellen konnte. »Mit dem Totenkopf der spanischen Sicherheitsplakette versehen.« Sie steckte zwei Scheiben Brot hinein.

»Ist das etwa Ziegenmilch?« Er verzog das Gesicht, fuhr aber unbeirrt fort, sich den Mund mit All-Bran vollzustopfen.

»Ich hab dir keine Zeitung mitgebracht – es gab nur die von gestern. Und die von gestern haben wir schon im Flugzeug gelesen.«

»Wir wollten doch Ferien von alledem machen.« Er bückte sich und schnippte eine Ameise von seinem nackten Fuß. »Hast du geschlafen?«

»Durch die Fensterläden kam Licht«, sagte sie. »Die ganze Nacht haben die Grillen gezirpt. Die machen einen Heidenlärm.«

»Wie ist es draußen?«

»Heiß – und im Lauf des Tages wird's noch schlimmer werden. Der Supermarkt hat...« Sie lachte. »Ich wollte sagen, Zentralheizung, aber ich meine...« Sie wedelte mit der Hand über dem Kopf.

»Eine Klimaanlage.«

»Ja – du trittst auf die Straße und spürst den heißen Wind – als hätte jemand einen Haartrockner angelassen. Ob du's glaubst oder nicht, der Supermarkt gehört zu Spar. Ich dachte, die gäb's nur in Irland. Und ich habe irische Butter bekommen – hier in Spanien.«

Mit dem Daumen zerquetschte er eine Ameise auf dem Tisch.

»Diese kleinen Viecher sind aber auch überall.« Er beugte sich vor und starrte auf den kastanienbraun gefliesten Boden. »Sieh nur – Maureen.«

»Der Toast.« Sie kauerte sich hin und wendete das Brot, das eben zu qualmen begann.

Als sie ihr Frühstück eingenommen hatten, schliefen sie miteinander, und nach einer Weile sagte er: »Ich liebe dich«, und als sie wieder zu Atem gekommen war, sagte sie: »Ätsch, ich dich auch!«

Sie streckte die Hand aus und berührte seine Wange. »Ich meine es wirklich, Jimmy«, sagte sie lächelnd und drückte ihn an sich. Ihre Gesichter waren einander nahe genug, um zu sehen, daß beide lächelten.

Im Flugzeug hatte Maureen ein Necessaire für Langstreckenreisende gekauft, das leichte Hausschuhe und eine Nackenrolle enthielt. Zu dem Beutel gehörten auch einige Aufkleber, auf denen stand: *Zum Essen wecken.* Jimmy klebte sich einen davon auf die Stirn und tat so, als würde er schlafen.

Maureen lachte, als sie ihn sah.

»Genau darum geht's doch im Leben«, sagte er. Er verfiel in seine Vertreterstimme: »Haben Sie schon unseren anderen Aufkleber gesehen, der Herr? Unser Verkaufsschlager: *Wir gebären rittlings über dem Grabe.*«

»*Zum Essen wecken.*« Maureen sagte es laut vor sich hin und mußte lachen. »Ich gehe unter die Dusche – dann finden wir heraus, wo dieser Vergnügungsstrand ist.«

Er lachte und sagte: »Wir wissen doch, wo er ist.«

Sie folgten den Schildern mit der Aufschrift *Playa*. Er hatte die Hände auf dem Rücken verschränkt, sie trug eine Tasche mit der Kamera, den Handtüchern und den anderen Sachen. Auf dem Hügel, der den Strand überblickte, blieben sie stehen, um zu sehen, welcher Abschnitt ihnen am besten gefiel. An dem überfüllten Strand herrschte buntes Treiben.

In Abständen waren Sonnenliegen übereinandergestapelt. Als sie unten ankamen, nahm sich jeder eine Liege und lagerte sich in der Nähe des Strandcafés. Jimmy saß auf seiner Liege wie auf einem Sofa, während Maureen aus ihrem Kleid stieg. Sie hatte ihren Badeanzug an. Im Stehen schmierte sie sich Schultern und Beine mit Sonnenschutzcreme ein.

»Reibst du mir dem Rücken ein?« sagte sie und reichte ihm die Flasche. Sie legte sich bäuchlings auf die Sonnenliege. Er drückte etwas Sonnencreme auf die Handfläche und begann sie einzureiben. Er sah sich um. Die meisten Frauen waren oben ohne. Alle schienen braungebrannt. Südländerinnen mit tiefschwarzem Haar und dunklen, olivfarbenen Augen.

»Wir sind käseweiß«, sagte Jimmy.

»Nur für ein, zwei Tage. Was macht das schon – hier kennt uns doch keiner.«

»Mir macht's was«, sagte er. Dann – nach einer Pause: »Mahagonifarbene Brustwarzen.«

»Was?«

»Nichts.«

»Wann wirst du endlich erwachsen, Jimmy? Sie sind jung genug, um deine Töchter zu sein.«

»Man darf doch wohl noch gucken. Außerdem, wer redet denn von Mädchen – auch die Jungen haben Brustwarzen.«

Nachdem er ihr den Rücken eingecremt hatte, rieb er sich Arme und Beine ein. Er knöpfte sein Hemd auf und bemerkte, wie blaß seine Haut war. Sie war eher noch weißer als Maureens.

»Vergiß nicht deine Füße und... deine Glatze.«

»Scheiße, ich wollte mir doch einen Sonnenhut kaufen.« Als er seinen Körper mit Creme bedeckt hatte, verschränkte er die Hände und rieb sich, als wollte er sich nur rekeln, mit den feuchten Handtellern die Schädeldecke ein. Dann legte er sich auf den Rücken. So war seine Wampe weniger auffällig.

»Vermißt du die Mädchen?« fragte Maureen.

»Wie verückt. Wurde langsam Zeit, daß wir mal allein wegkommen.« Er lachte und sagte: »Es ist wie früher. Nur du und ich, Kleine.«

»Jetzt ist es anders.« Obwohl sie die Augen geschlossen hielt, formte sie einen Schild, indem sie die Hand über der Stirn wölbte. »Vielleicht besser.«

»Mein Gott, ist das eine Hitze.«

»Dafür haben wir ja auch bezahlt.«

»Hast du daran gedacht, die Butter wieder in den Kühlschrank zu stellen?«

Maureen nickte.

»Ich hasse Butter, wenn sie schlierig ist.«

»Ich hasse *alles*, wenn es schlierig ist.«

»Der Strand macht mich so...« Jimmy sah sich unter den Leuten um, die neben ihm ausgestreckt dalagen. Wenn sie Bücher lasen, konnte er an den Autoren erkennen, ob sie Englisch sprachen. Jilly Cooper, Catherine Cookson, Elizabeth Jane Howard. Anderen, die sich nur in der Sonne aalten, war ihre Herkunft nicht anzumerken. So senkte er die Stimme: »Er macht mich so entsetzlich geil.«

Ein Pärchen Anfang der Zwanzig kam herbei und schleuderte die Sandalen von sich. Sie ließen ihre Siebensachen in den Sand fallen und fingen an, sich auszukleiden. Jimmy betrachtete das Mädchen, das ein dünnes Strandkleid aus hellem Stoff wie einen Sarong um die Hüfte geschlungen hatte. Darunter trug sie einen einteiligen schwarzen Badeanzug. Der Bursche zog sein T-Shirt aus. Er war braungebrannt, sein Bauch flach wie ein Waschbrett. Er sagte etwas zu seiner Freundin, und sie antwortete lachend. Sie hörten sich an wie Deutsche oder Österreicher. Das Mädchen wand sich mit den Ellbogen aus den Trägern ihres Badeanzugs und rollte ihn nach unten, wobei sie die Brüste entblößte. Sie rollte ihn immer weiter nach unten, bis der Einteiler so schmal wie ein Bikinihöschen war. Beide setzten sich hin, und das Mädchen kramte eine Tube aus ihrem

Korb. Sie preßte einen Klacks weißer Creme auf den Bauch und begann ihn auf ihren Brüsten zu verstreichen. Jedesmal, wenn ihre Hand über sie hinwegglitt, schoben sie sich zusammen und wieder auseinander. Sie sah zu Jimmy herüber, und er wandte seinen Kopf rasch Maureen zu.

»Was ist?« fragte Maureen, die die Bewegung spürte.

»Nichts.« Er schüttelte den Kopf.

Um die Mittagszeit zog Jimmy sein Hemd an, und sie gingen zur Terrasse des Strandcafés, um etwas zu trinken und zu essen. Sie setzten sich in den Schatten eines Sonnenschirms, von wo aus man den Strand überblicken konnte. Der helle Schatten, den der rote Stoff des Schirms warf, verlieh ihnen eine geringfügig bessere Farbe. Maureen beugte sich zu ihm und sagte: »Dreh dich nicht um, aber da redet jemand irisch.«

»Mein Gott – wo?« Jimmy, die Ellbogen auf dem Tisch, wölbte beide Hände über den Brauen und tat so, als müsse er sich verstecken.

»Links hinter mir.«

Jimmy blickte über ihre Schulter. An einem Tisch saßen drei Männer und rauchten. Alle drei trugen Hemden und Shorts. Einer von ihnen hatte einen buschigen, schwarzen Schnurrbart. Maureen wollte etwas sagen, als Jimmy sie zum Schweigen nötigte. Angespannt lauschte er durch das fremde Stimmengewirr und das Klappern des Geschirrs hindurch. Er hörte einige flache Vokale – aber es hätten auch Niederländer oder Schotten sein können. Amerikaner sogar.

»Bin mir nicht sicher«, sagte Jimmy.

»Ich schon.«

»Daß wir denen nur aus dem Weg gehen.«

Ein Kellner trat an den Tisch.

»Probier doch mal dein Spanisch aus«, sagte Maureen.

»Nein – das ist mir peinlich.« Aber als der Kellner seinen Schreibblock aufschlug, sagte er: »Dos cervezas, por favor.«

»Grande o pequeño?«

Jimmy räusperte sich.

»Uno grande y uno pequeño«, sagte er.

»Das wären also ein großes und ein kleines Bier, der Herr.«

Jimmy nickte. »Gracias.«

»De nada.« Der Kellner verschwand im Innern des Restaurants. Jimmy zog prahlerisch die Augenbrauen hoch.

»Gar nicht übel«, sagte Maureen. »Ich hasse all diese Reibelaute – als würden alle lispeln.«

Als das Bier serviert wurde, prosteten sie einander zu. Jedesmal, wenn er sein Glas hob, fiel ein eiskalter Tropfen durch die offene Hemdbrust auf seinen Bauch und erschreckte ihn. Er fluchte – dachte, daß das Glas einen Sprung habe oder die Manschette naß sei.

»Legen die doch den blödsinnigen Bierdeckel um den Stiel statt unten drunter.« Maureen wies ihn darauf hin, daß es sich um Kondensation handele. Das Bier sei kalt – die Luft heiß – das Glas beschlage sich von außen – jedesmal, wenn er es hochhebe, tropfe es auf ihn drauf. Die Manschette um den Stiel sei ein nicht allzu erfolgreicher Versuch, genau dies zu verhindern.

»Du bist mir ja eine ganz Schlaue«, sagte er.

Maureen besah sich die Speisekarte, die an der Wand hing.

»Einmal müssen wir abends eine Paella essen.«

»Ja – Meeresfrüchte.«

»Eine Art erzwungener Vertraulichkeit. Sie werden nur für zwei Personen zubereitet.«

»Keine Paella für Jungfern.«

»Oder Priester.«

»Wenn's so etwas in Irland gäbe, würde man sie für *Hochwürden* zubereiten und die andere Hälfte wegschütten.«

Bei dem Gedanken mußten sie beide lächeln. Es trat eine lange Pause zwischen ihnen ein. Jimmy schob seinen weißen Plastikstuhl näher an sie heran. Er senkte die Stimme zu einem Flüstern.

»Wer – ich weiß nicht, ob ich fragen soll oder nicht...«

»Was?«

»Ach nein...«

»Nur zu.«

»Wer war der erste Mann, mit dem du's getrieben hast?« Sie starrte ihn an. »Du brauchst es mir nicht zu sagen – wenn du nicht willst.«

»Ich will nicht, und außerdem geht es dich nichts an.« Sie sprach verhalten und ohne Zorn.

»Kannst du dich noch an deinen ersten Orgasmus erinnern? Ich meine – nicht mal mit jemand anders. Auch allein.«

»Eigentlich nicht. All die frühen Erinnerungen sind verschwommen.«

»Na, komm schon«, flüsterte er. »Das ist eine von diesen Fragen wie: Wo waren Sie an dem Tag, als Kennedy ermordet wurde? Das weiß jeder. Das erste Mal, daß es dir kommt, ist wie in einem Erdbeben oder so. Daran erinnert man sich doch. Es ist wie der erste Kuß…«

Sie zögerte und kniff ihr Gesicht zusammen. »Vielleicht war's in einem Auto auf dem Rücksitz…« Er beugte sich vor, um besser zu hören. »Das ist doch Unsinn. Wozu willst du das wissen?«

»Wir sind jetzt fünfundzwanzig Jahre verheiratet. Wir sollten keine Heimlichkeiten – keine Geheimnisse voreinander haben.«

»Du willst nur im Dreck wühlen.« Sie blickte von ihm weg aufs Meer. In der Bucht kreuzten Tretboote und Windsurfer.

»Ich will's aber wissen.«

»Das ist so, als wolltest du Schorf von deinem Knie abkratzen. Es führt zu nichts Gutem.« Sie trank ihr Bier aus und stand auf. »Ich gehe schwimmen.«

Als sie fort war, blieb Jimmy sitzen und starrte auf die weiße Tischplatte. Er hob einen Finger und sagte zum Kellner: »La cuenta, por favor.«

Sie schwammen und trockneten sich ab, dann trugen sie wieder Sonnencreme auf. Dabei schmierten sie sich gegenseitig den Rücken ein.

»Zuerst, beim Hineingehen, war's ganz schön kalt«, sagte Maureen. »Hätte ich nicht gedacht. Aber wenn man erst einmal drin ist, ist es wunderbar.«

Das deutsche oder österreichische Pärchen war verschwunden. Jimmy erspähte sie unter den anderen Badegästen. Bis zu den Knien in den Wellen, spielten sie mit einem dieser Klettbälle und den dazugehörenden Klettellern, die man sich über die Hand streift. Wenn der Ball den Teller auch nur leicht berührte, blieb er haften.

Maureen machte es sich auf dem Bauch bequem und benutzte ihre gekreuzten Arme als Kissen für ihre Wange. Sie seufzte auf.

»Ach, ist das schön. Das hab ich mir wirklich verdient.«

»Tut mir leid – die Sache von vorhin – vor dem Schwimmen – oben in der Bar. Aber manchmal – da ist etwas in mir, das – das will wissen, wie du warst, bevor ich dich kennengelernt habe. Ein Teil von mir ist eifersüchtig auf die Zeit, als ich dich noch nicht gekannt habe.«

»Jimmy...«

»Was?«

»Du fängst ja schon wieder davon an.«

»Entschuldigung.«

»Wo, glaubst du, sind die Mädchen? Jetzt?« fragte Maureen.

»Gott weiß wo. Auf halbem Weg durch die Wüste von Nevada. New Orleans? L. A.? Ich hoffe nur, sie trampen nicht. Der Gedanke, daß sie trampen könnten, macht mich nervös. Gottverdammte Lastwagenfahrer.«

»Es wird ihnen schon gut gehen.«

Das deutsche Pärchen kam lachend den Strand heraufgerannt, die Haare klatschnaß. Der Junge ließ Teller und Ball neben Maureen fallen. Das Mädchen rollte wieder ihren

Badeanzug herunter und legte sich nur wenige Schritte von Jimmy entfernt auf den Rücken. Sie war außer Atem. Ihr nasser Bauch hob und senkte sich, als sie nach Atem rang. Jimmy stierte sie an. Es dauerte etwa eine Minute, bevor ihr Atem allmählich gleichmäßiger ging. Sie drehte sich um und kehrte der Sonne den Rücken zu, und kurz bevor sie sich behutsam niederließ, sahen ihre Brüste aus wie Säulen.

»Wie funktioniert das?« fragte Maureen.

»Was?«

»Das Spiel mit dem Ball und dem seltsamen Schläger.«

»Zwei verschiedenartige Stoffe – der eine hat Haken, der andere Ösen. Wenn sie aufeinandertreffen, bleiben sie aneinander kleben.«

»Oh – bisher hab ich das nur als Klettverschluß gesehen.«

»Eine dieser Erfindungen, die der Natur abgeschaut worden sind. Die Klette, die sich im Tierhaar verfängt.«

»Klugscheißer.«

»Gerade habe ich deinen Horizont erweitert, Maureen. Du solltest mir dankbar sein.«

Sie wollten keinen Sonnenbrand kriegen, deshalb gingen sie gegen drei Uhr zum Apartment zurück. Langsam schlenderten sie durch die Hitze.

»Ich fühle mich völlig ausgelaugt«, sagte Maureen. Auf der Treppe, die zu ihrem Apartment führte, blieben sie auf halbem Wege stehen.

»Das macht die Hitze«, sagte Jimmy, und sie lächelten einander an. Er lehnte sich gegen die Mauer, die im Schatten lag. Die Steine, aus denen die Mauer errichtet war, waren rund und porös.

»Hier wird alles aus Rice Crispies gebaut.«

Plötzlich tauchte auf der sonnenbeschienenen Seite der Mauer eine Eidechse auf. »Hinter dir, Maureen.« Sie sah hin und blieb reglos stehen. Die Eidechse erstarrte in Form eines S. Sie war hellgrün. Mit einer zuckenden Bewegung war sie ebenso schnell verschwunden, wie sie erschienen war.

»War die nicht hübsch?« fragte Maureen. »Ich hab vorher noch nie eine gesehen. Wie flink sie sich bewegen.«

»Es sind Kaltblüter, deswegen kommen sie uns in dieser Hitze so energiegeladen vor. So, als würden wir an einem frostigen Morgen joggen gehen.«

»Ich merke, wie sich mein Horizont die ganze Zeit erweitert.«

Sie schlossen die Fensterläden, und das Zimmer lag im Dunkeln. Sie gingen zusammen unter die Dusche, und Maureen durfte einstellen, wie warm das Wasser sein sollte. Dann schliefen sie wieder miteinander.

»Wir werden dieses Tempo nicht durchhalten können«, sagte Jimmy. »Ohne die Kinder.«

»Heute war's schön, aber ich will nicht, daß du – du weißt schon – jedesmal, wenn wir die Tür hinter uns zumachen. Wir brauchen Abstand.« Sie setzte Kaffeewasser auf, und es schien eine Ewigkeit zu dauern. Das Zimmer war immer noch dunkel, doch zwischen den obersten Querleisten der Fensterläden waren dünne Scheibchen grell-heißen Lichts und weißer Gebäude zu sehen. Jimmy saß da in seinem weißen Frotteemorgenmantel und blickte auf den Tisch. Seit dem Morgen hatte sich die Ameisenpopulation vermehrt.

»Die sind hinter unseren Toastkrümeln her«, sagte er. Die Ameisen schienen eine Linie bis hinauf auf den Tisch zu bilden und drängten sich um eine Brotkrume oder das Mandelblättchen von einem Keks. Inzwischen waren es zu viele, um sie noch zerquetschen zu wollen.

»Laß sie doch«, sagte Maureen. »Schließlich beißen sie nicht.«

Jimmy folgte der Linie bis zu ihrem Ursprung. Das Tischbein hinab und quer über den Küchenfußboden bis zum Pfosten der Badezimmertür. Zwischen dem Holz und den Fliesen befand sich ein winziger Spalt, in dem die Ameisen verschwanden. Andere kamen herausgekrabbelt.

»Da muß irgendwo ein Nest sein.«

»Oder ein Hügel«, sagte Maureen.

»Vielleicht bewegen sie sich schon seit zehn Millionen Jahren auf dieser Strecke«, sagte er. »Vor fünfzig Jahren hat ihnen irgend jemand mit diesem Haus den Weg verbaut. Das ist ihre Laufstrecke – weshalb sollten sie sie verlegen, nur weil ihnen irgendein bescheuerter Bauunternehmer ein Haus in den Weg stellt?«

Sie schenkte zwei Kaffee ein und stellte eine Tasse vor ihn auf den Tisch. Sie trat über die krabbelnde schwarze Linie aus Ameisen und sagte: »Die tun niemandem was zuleide.«

Er beschloß, eine von ihnen zu beobachten – sie schien sich ihrer selbst gewiß, wie sie sich vom Tisch entfernte, mit Nachrichten von der Nahrungsquelle. Sie begegnete anderen und schien sie zu küssen, ihnen auszuweichen und weiterzulaufen. Außerhalb der Hauptlinie waren Späher, die das Gelände sondierten – ziellos umherwanderten, während die Ameisen in der Hauptlinie sich bewegten wie Blutzellen in einer Ader.

»Eine oder zwei umzubringen hat keinen Sinn. Das Ganze ist ein Organismus. Das ist so, als würde man jemanden Zelle um Zelle zu ermorden versuchen.«

»Laß sie doch in Ruhe.«

»Das Mandelblättchen ist von dir«, sagte er und schnippte immer noch Ameisen von seinen nackten Füßen, wann immer er eine spürte.

Anderntags gingen sie zum Strand und ließen sich an derselben Stelle nieder. Jimmy blickte sich um und sah, daß Jilly Cooper, Catherine Cookson und Elizabeth Jane Howard unmittelbar hinter ihm saßen.

»Was sind wir doch für Gewohnheitstiere«, sagte er. »Genauso schlimm wie im Lehrerzimmer.« Die Mittagssonne heizte den Sand auf. Maureen war von Lichtschutzfaktor 15 abgekommen und trug Faktor 6 auf. Er rieb ihr den Rücken ein, und sie legte sich hin.

»Wir haben doch abgemacht, nicht davon zu sprechen.«

»Schon gut – schon gut.«

»Bis wir zurück sind.«

Etwa dreißig Minuten blieben sie so schmorend liegen. Maureen lag flach hingestreckt, Jimmy stützte sich auf die Ellbogen und nahm die Eindrücke in sich auf. Im Supermercado hatte er sich einen weißen Schlapphut mit schmaler Krempe und eine Sonnenbrille gekauft. Die Brille gab ihm größere Freiheit, sich umzuschauen, ohne merklich den Kopf bewegen zu müssen.

»Die Deutschen sind nicht mehr da«, sagte er. »Und keine Nachricht.«

»Welche Deutschen?«

»Die Klettball-Deutschen.«

»Ich wußte nicht, daß es Deutsche waren. Was für ein besonderes Interesse hat der stellvertretende Schulleiter an denen?«

»Ach, nichts. Nur, daß sie heute nicht aufgetaucht sind.«

»Lügner.«

»Das Mädchen ist große Klasse – ein Prachtstück.«

Maureen lachte und rieb sich mit dem kleinen Finger etwas Sonnencreme auf die Nase.

»Hättest du Lust auf einen Spaziergang?« fragte sie.

»Aber ja.« Er zog sein Hemd an und ließ es über seine Shorts hängen, und sie liefen zu der Felsenklippe am anderen Ende des Strands. Hier waren die Leute braungebrannt und sprachen zumeist Spanisch. Es gab viel Geschrei und Gelächter.

»Es scheint zwingend vorgeschrieben, einander nicht zuzuhören. Die quatschen ja alle durcheinander.«

»Das kommt dir nur so vor, weil du nicht die leiseste Ahnung hast, wovon sie reden. Zwei Leute aus Derry würden sich ganz genauso anhören – wenn du nicht wüßtest – wenn dein Englisch...«

»Es klingt nur so, als würden sie sich die ganze Zeit unterbrechen.«

Sie hechteten von den Felsen, und das Wasser erschien ihnen wärmer als am Vortag. Als sie über den Strand zurückgingen, faßte Jimmy Maureen bei der Hand. Sie drängten sich enger aneinander, und sie lehnte flüchtig den Kopf an seine Schulter.

»Ach, tut das gut«, sagte sie. »Ich mag die öffentliche Zurschaustellung von Gefühlen – ganz gleich, wie du davon denkst.«

»Was ist schon dabei, wenn uns niemand kennt?«

»Ich kenne uns«, sagte sie. »Manchmal bist du so provinziell.«

Im Laufe des Nachmittags kamen die beiden Deutschen und ließen sich etwa einen Meter links von der Stelle nieder, wo sie am Tag zuvor gesessen hatten. Hinter seiner Sonnenbrille sah Jimmy dem Mädchen beim Auskleiden zu. Heute hatte sie ein weißes Bikinihöschen an. Er hörte, wie der Jungen ihren Namen rief. *Heidrun* nannte er sie. Jimmy versuchte, ihr zuzunicken, doch bemerkte sie es nicht. Sie schüttelte ein großes Handtuch aus und breitete es hin, indem sie die Zipfel gerade zog und glattstrich. Ihre ganze Aufmerksamkeit galt ihrem Freund.

»Die könnten ebensogut auch an einem verlassenen Strand in Donegal sein«, sagte Jimmy und nickte zu dem Pärchen hinüber. Heidrun kniete sich auf das ausgebreitete Badetuch, und ihr Freund beugte sich zu ihr und wühlte sich in ihren Nacken. Dann legten sich beide hin, die Gesichter einander zugewandt, die Füße in Jimmys Richtung zeigend.

»Da bekämen sie eine Gänsehaut«, sagte Maureen. Jimmy starrte auf den Zwickel des weißen Bikinis, der ihm gegenüberlag. Es war, als übe die Nähe des deutschen Pärchens auf Jimmy und Maureen Einfluß aus, und sie kuschelten sich enger zusammen. Er flüsterte ihr ins Ohr.

»Wie kommt es, daß du die die einzige Frau am Strand bist, bei der Schamhaare zu sehen sind?«

»Soll das heißen, du läufst herum und schaust nach?«

»Ein Mann kann nichts dazu, daß er so etwas wahrnimmt.«

»Du meinst, ein Katholik, ein verklemmter Mann. Ein Lüstling. Ein Mann mit einem Komplex.«

»Du liegst da wie eine Bauersfrau vom Arsch der Welt – oder wie jemand aus Moskau.«

»Ich wollte sie abrasieren, bevor wir losflogen – aber über der ganzen Hetze... Fallen sie denn wirklich so ins Auge?«

Sie blickte an sich herab.

»Eigentlich nicht, aber...«

»Außerdem, wer schaut mich schon in so einem Tonfall an – in meinem Alter? Begreif doch endlich, Jimmy. Geh lieber und kauf mir ein Eis.«

Er stand auf und zog sein Hemd an. »Welche Geschmacksrichtung?«

»Das grüne mit den Schokoladenraspeln drin.«

»Wie heißt die?«

»Mein Gott, du kannst doch wohl noch deuten.«

Er kramte in ihrem Portemonnaie nach Peseten, dann ging er zur Bar.

In der Bar bemerkte er wieder die drei mutmaßlichen Iren vom ersten Tag. Sie saßen an der Theke. Jimmy hörte ihnen zu, während er auf die Geschmacksrichtung deutete und das Eis kaufte. Maureen hatte recht. Sie waren eindeutig aus Nordirland. Sie unterhielten sich über Fußball. Manchester United und die englische Liga. Zwei von ihnen trugen karierte Hemden, der dritte ein T-Shirt mit Guinness-Werbung.

Als er wieder zu Maureen kam, reichte er ihr das Eis.

»Ich habe deine Freunde gesehen. Ich glaube, es sind nordirische Polizisten.

Sie schleckte an dem grünen Pfefferminzeis und zerkaute etwas Schokolade.

»Wie kommst du darauf?«

»Weiß nicht. Sie sehen aus wie Polizeipräsidenten oder Kommissare. Sie tun mir leid. Wenn du Polizist im Norden wärst, wo würdest *du* im Urlaub hinfahren?«

Sie antwortete nicht. Sie nickte zu dem deutschen Pärchen hin.

»Seit du weg warst, hat's hier eine öffentliche Zurschaustellung von Gefühlen gegeben, die war nicht ohne.« Sie lächelte und zwinkerte Jimmy zu. Das Pärchen lag da, die Gesichter kaum einen Zentimeter auseinander, und sah einander in die Augen. Mitunter fuhr ihr der Junge mit den Fingerknöcheln die nackte Seite entlang. Maureen winkte Jimmy näher zu sich heran.

»Meine Liebe«, flüsterte sie auf deutsch.

Als sie abends auf der Terrasse von *Nino's* saßen, beschlossen sie, die Paella mit Meeresfrüchten für zwei Personen zu bestellen. Sie hatten jeder ein Gratisglas des einheimischen Sherry erhalten, und Jimmy gab die gleiche Bestellung noch einmal auf. Er würde sie zahlen. Wie er erwartet hatte, sagte die Kellnerin, als sie die Drinks brachte: »Auf Kosten des Hauses.«

Jimmy trank Maureens zweiten Sherry zusätzlich zu seinen beiden Gläsern.

Als der Kellner die Paella für zwei brachte, präsentierte er sie ihnen. Beide würdigten die Garnierung mit einem Kopfnicken. Die Paella wurde auf einer vielbenutzten schwarzen Pfanne serviert, und der Kellner achtete darauf, daß er die Portionen gleich verteilte. Drei geöffnete marineblaue Muscheln auf den einen Teller, drei auf den andern. Eine rote Languste für Sie und eine für Sie.

Maureen fand es widerlich – feuchter, matschiger, versalzener Reis und die unzugänglichsten Teile von Krustentieren. Sachen, die man aufknacken und auskratzen mußte, deutlich zu erkennende Geschöpfe, denen man den Rücken entzweibrechen und das Innere auslutschen mußte. Irgendwann verdrehte Maureen die Augen und warf Jimmy einen warnenden Blick zu. Am übernächsten Tisch saßen die drei Männer aus Nordirland. Sie musterte sie.

»Ich bin mir sicher, daß es keine Polizisten sind.« Sie saßen unmittelbar hinter Jimmy, und er mußte sich auf seinem Stuhl umwenden, um sie in Augenschein zu nehmen. Einer von ihnen fing seinen Blick auf und erkannte ihn vom Strand. Höflich nickten sie einander zu.

»Sie sehen aus wie Leute, die eine Art Uniform tragen«, sagte Jimmy. »Vielleicht sind es Gefängniswärter – aus Long Kesh.«

»Oder Wachmänner.«

Maureen ließ ihre Paella stehen.

»Wie lügt es sich auf spanisch – es war wunderbar, aber viel zu reichlich?« Der Gesprächslärm und das Geschirrgeklapper verstummten einen Augenblick, und Maureen hörte vom übernächsten Tisch einen Namen herüberwehen.

Jimmy sagte: »Wenn du nicht über deine frühen sexuellen Erfahrungen sprechen willst – ich schon.«

»Nicht schon wieder.«

»Damals war ich ein übler Schurke – jedesmal, wenn ich mit einer Frau ausgegangen bin, hab ich sie sofort ins – Ehebett gezerrt.«

Sie lachte und sagte: »Meinst du, ich hätte das nicht gemerkt?« Sie hielt inne und sah ihn an. »Das hast du dir ausgedacht.«

»Natürlich hab ich mir das ausgedacht. Schließlich hab ich's gerade eben gesagt, oder?«

»Nein, ich meine, du hast es dir eines Tages ausgedacht und dann darauf gewartet, wann du's mal verwenden könntest. Heute nacht ist der Augenblick gekommen.«

Er nickte heftig und schenkte sich noch ein Glas Wein ein. Maureen legte die Hand auf ihr Glas.

Ein weiterer Name drang vom Tisch der Nordiren herüber. Maureen zog ein Gesicht, als ginge ihr ein Licht auf.

»Ich hab's«, sagte sie, als sie den Bissen in ihrem Mund hinuntergeschluckt hatte. »Es sind Priester. Der erste Name, den ich gehört habe, war Conor, und jetzt gibt's einen Malachy.«

»Ein katholischer Name macht noch längst keinen Priester.«

»Schwarze Socken aber.«

»Sprich nicht so laut. Wenn wir sie hören können, dann können sie uns auch hören.«

»Zwei von ihnen tragen schwarze Socken«, flüsterte Maureen. »Jetzt stimmt alles zusammen. Weshalb sollten drei alternde Männer zusammen in die Ferien fahren?«

»Ein Homosexuellenring?«

»Sie gehen nie an den Strand. Nie ziehen sie ihre Kleider aus. Sie behalten einander im Auge. Seit der Sache mit dem Bischof von Galway vertraut keiner mehr dem andern.«

»Einer von ihnen hat einen Schnurrbart.«

Maureen schielte über die Schulter und prüfte nach.

»Na und?«

»Ich hab noch nie einen Priester mit Schnurrbart gesehen.«

»Vielleicht sind zwei von ihnen Priester, und der mit dem Schnurrbart ist der Bruder des einen. Du hast recht – der mit dem Schnurbart hat weiße Frotteesocken an.« Jimmy schaute unter dem Tisch nach. Maureen lächelte und sagte: »Es gibt nichts Schlimmeres, als der Bruder eines Priesters zu sein. Dieselben Komplexe, aber keine Courage.«

»Trinken sie einen?«

»Ja.«

»Dann sind's bestimmt Priester.« Sie lachten einander zu. Jimmy streckte seine Hand aus und legte sie auf ihre.

»Möchtest du einen Kaffee, oder sollen wir noch eine Flasche bestellen?«

»Ein Kaffee wäre mir recht.«

»Tut mir leid, daß ich immer wieder darauf zurückkomme – aber an Männern, die es vor mir *versucht* haben, dürfte kein Mangel bestanden haben.«

Maureen starrte ihn an. »Was soll das – wo kommt plötzlich dieser ganze Scheiß her, Jimmy?«

»Ich habe nachgedacht. Dinge gesehen, die mich daran erinnern. Als wir uns kennenlernten, warst du eine äußerst attraktive Frau...«

»Oh, danke vielmals...«

»Nein, so meine ich es nicht. Du bist es immer noch. Ich will nur sagen – im Vergleich zu anderen auf dem Feld.«

»Auf dem Feld – bei dir klingt das wie ein Viehmarkt – schau dir ihre Zähne gründlich an.«

»Du denkst an einen Pferdemarkt.«

»Jimmy.« Sie sah ihn fest an. »Bring mir bei, wie man immerzu Recht behält.«

»Das würde nicht klappen – zwei in einer Familie.«

»Dann muß einer von uns gehen«, sagte Maureen. »Den Zeitpunkt im Leben haben wir jetzt erreicht. Alle anderen gehen auch auseinander. Wegen der Kinder sind sie zusammengeblieben. Jetzt ist das vorbei.«

»Das glaubst du doch nicht wirklich, oder?«

Maureen sah ihn an und lächelte. Sie schüttelte den Kopf. »Noch nicht.«

Über den dunklen Strand gingen sie zurück zum Apartment. Sie zogen beide die Schuhe aus und wateten bis zu den Knöcheln am Rand des Wassers. Es war wärmer als am Tage. Im Wasser spiegelte sich ein weißer Mond. Wieder hielten sie sich bei den Händen, bis Jimmy stehenblieb, um ins Meer zu pissen. Maureen lief weiter.

Im Apartment ließ Jimmy sich aufs Sofa fallen.

»Ich werde mir einen Schluck von dem zollfreien Whiskey genehmigen, bevor er ganz ausgetrunken wird.«

»Wer sollte ihn denn trinken?«

»Ich.« Er grinste und stand auf, um sich einzuschenken. Sie lachte ihn aus.

»Hast du seit unserer Ankunft schon soviel getrunken?«

»Hör mir doch auf. Ich mache genauso Urlaub wie du.«

»Aber wir trinken doch schon jeden Abend eine Flasche Wein – minus ein Glas für mich...«

»Beim Abendessen.«

»Das ist egal.«

»Plus ein paar Bier. Maureen, wirst du wohl aufhören zu zählen. Und ein paar Gläser von diesem entsetzlichen spanischen Gin.«

»Ohne Eis.«

»Bei dem Eis handelt man sich einen Bazillus ein.« Er verdünnte seinen Whiskey mit Wasser *sin gas* aus der Flasche, die er eigens dafür gekauft hatte. »Da wir gerade davon sprechen...« Er ging zum Bad und blickte auf den gefliesten Fußboden.

»Heiliger Strohsack! Maureen, nun schau dir das an.« Er kauerte nieder und nippte an seinem Whiskey.

»O mein Gott«, sagte Maureen. Was ein Rinnsaal aus Ameisen gewesen war, stellte längst einen Sturzbach dar – einen Strom, der sich in beiderlei Richtung bewegte. Von der Ritze in der Badezimmerfliese zogen sie in einem kribbelnden Strom quer über den Fußboden zum Tischbein und das Tischbein hinan auf den Tisch – geradewegs in die Packung mit Getreideflocken. Der Strom teilte sich, ein Teil ergoß sich zum Mülleimer, wo sie ihre Essensreste hineingeworfen hatten – Melonenschalen, Aufgußbeutel, altbakkenes Brot.

»Es wimmelt ja nur so von denen«, sagte Maureen und hob mit Daumen und Zeigefinger ein Brotpapier aus dem Abfalleimer. »Gehören die einfach mit dazu? Müssen wir uns die ganze Zeit, wo wir hier sind, mit ihnen abfinden?«

»Solange sie nicht im Bett sind«, sagte Jimmy. Als er sich aufrichtete, schwappte sein Whiskey über. Die Ameisen bekamen es mit der Angst zu tun und bewegten sich hurtiger. Der Strom teilte sich erneut und machte einen Bogen um die Whiskeytröpfchen, ohne sie zu beachten. »Wieso besaufen die sich nicht?«

»Vielleicht später – nach Feierabend«, sagte Maureen.

»Sie sind wirklich prähistorisch, nicht wahr? Und so lautlos. Im Kino gäb's jetzt Musik.«

Maureen machte sich einen Tee, indem sie über einen Aufgußbeutel im Henkelbecher Wasser goß, und sie gingen auf den kleinen Balkon. Ein früherer Mieter hatte eine Flasche mit einer Kerze hinterlassen, Maureen zündete sie an und stellte sie auf den weißen Plastiktisch. Jimmy nippte an seinem Whiskey und legte die Füße aufs Balkongeländer.

»Um diese Nachtzeit sitze ich unheimlich gern in Hemdsärmeln da. Kannst du dir vorstellen, wie es jetzt zu Hause ist?« Maureen seufzte zustimmend. Am Himmel stand ein niedriger Mond, durchschnitten von den Streben zweier Kräne. Wäre der Mond nicht dagewesen, hätte man die Kräne nicht sehen können. Jimmy nickte zur Kerze hin.

»Jemand aus dem Norden. Erinnerst du dich noch an die Ferien in Norwegen?« Maureen nickte. »Überall Kerzen. Die Kinder konnten sich gar nicht einkriegen. Die Fackeln, die draußen vor den Restaurants brannten. Nie waren die Vorhänge zugezogen – man konnte die Leute von einem Zimmer zum andern gehen sehen.«

»Du bestimmt.«

»Was das kostet – all das Licht, das überall brennt. Hier ist es umgekehrt. Fensterläden – um nur ja kein Licht hereinzulassen. Es ist unmöglich, auch nur den leisesten Blick in ein spanisches oder italienisches Haus zu werfen.« Jimmy trank einen Schluck von seinem Whiskey und behielt ihn eine Weile im Mund, um ihn auszukosten. Wie er wußte, ärgerte sie sich darüber. Sie sprachen eine Weile nicht.

»Du redest wirklich nicht gern darüber, oder?«

»Nein«, sagte sie.

»Ich will doch nur wissen, was mit dir war, bevor ich dich kennengelernt habe.«

»Ich hab dir alles erzählt, was es zu wissen gibt – jede Einzelheit. Alles über meine Familie und meine Schule...«

»Aber nicht in sexueller Hinsicht. Das erwähnst du nie.«

Sie trank von ihrem Tee, indem sie den Becher mit beiden Händen hielt – so wie sie Tee im Winter trank. »Ich bin eifersüchtig darauf, daß ich dich damals nicht gekannt habe. Deine Schuluniform. Deine Erstkommunion. Ich bin eifersüchtig auf all die Zeit, die ich nicht mit dir verbracht habe.«

»So etwas sagen doch nur Halbwüchsige – James Dean.«

»Ich bin eifersüchtig auf jeden einzelnen Geschlechtsakt, *an dem ich nicht beteiligt war.*«

Sie betrachtete sein Gesicht im Kerzenschein und sah, daß es ihm ernst war.

»Jimmy, weshalb quälst du dich damit? Laß doch gut sein. Warum muß das alles ausgerechnet jetzt hochkommen – nach fünfundzwanzig Jahren Ehe? Vielleicht fühlst du dich bedroht. Weil du dicker wirst und langsam eine Glatze bekommst, fühlst du dich bedroht.«

»Leck mich doch am Arsch.«

»Ich geh ins Bett.« Sie stand auf und ging umständlich um den Tisch herum, damit er nicht die Füße vom Balkongeländer zu nehmen brauchte.

Er hörte, wie die Schlafzimmertür ins Schloß fiel und das Bett knarrte. Er genehmigte sich einen weiteren Whiskey, ein größeres Quantum als das letzte Mal, weil sie nicht zusah. Er trank mehrere ebenso volle Gläser und lauschte den Grillen und den englischen Stimmen der Leute, die ununterbrochen unten auf der Straße vorübergingen.

Als Maureen um vier Uhr aufwachte, war er immer noch nicht ins Bett gekommen. Sie fand ihn auf dem Stuhl, den

Kopf hatte er zurückgeneigt, der Mund stand ihm offen und schief im Gesicht.

»Fehlt dir was, Jimmy?« Sie hakte ihn unter und half ihm auf. Er murmelte etwas über diese »gottverdammten Priester«, als sie ihn aufs Bett bugsierte und ihm die Schuhe auszog.

Am nächsten Tag war ihm schlecht, und obwohl er den Umstand zu verhehlen suchte, indem er aus dem Zimmer ging, hörte Maureen ihn rascheln, als er Tabletten gegen Magenweh aus dem Stanniolpapier drückte. Als sie ihn bezichtigte, sich sinnlos betrunken zu haben, machte er die Paella verantwortlich.

»So etwas hast du noch nie in deinem Leben getan, Jimmy. Jedenfalls nicht, daß ich wüßte.«

»Ein paar zuviel hinter die Binde zu kippen?«

»Nein – umzukippen – im Sitzen.«

»Menschenskinder noch mal, ich bin eingeschlafen.«

»Ich besorge dir einen von diesen kleinen Aufklebern, auf denen steht: *Zum Trinken wecken.* Maureen ging zum Kühlschrank, um die Butter wegzustellen.

»Ach du meine Güte«, sagte sie, »nun schau dir das an.«

»Was?«

»Jetzt krabbeln die Ameisen schon an der Gummidichtung von der Kühlschranktür hinauf.«

»Wir müssen etwas unternehmen.«

In der Kühle des Supermercado machte sich Maureen mit Hilfe eines kleinen spanischen Wörterbuchs dem Mann an der Kasse verständlich, der ihr sympathisch war. Sie wolle Ameisen töten. Der Mann nickte, ging den Gang entlang und kam mit einer orangefarbenen Tube zurück.

»Haben Sie Kinder? fragte er.

»Ja – zwei Mädchen.«

Er zog ein Gesicht, das besagte: »Oh, dann glaube ich nicht, daß das eine gute Idee ist.« Er zeigte auf den schwarzen Totenkopf an der Seite der Tube. Maureen verstand, was er meinte, und lachte über sich.

»Meine Kinder sind nicht hier. Sie sind schon groß. Aus dem Haus.«

Er lächelte und zog die Augenbrauen hoch, was Maureen als »Sie sehen aber gar nicht so alt aus, als könnten Sie erwachsene Kinder haben« deutete. Er wollte ihr schmeicheln, war ihr aber trotzdem sympathisch.

»Wo Ameisen herkommen.«

Er richtete die Öffnung nach unten. Maureen nickte, zum Zeichen, daß sie verstanden hatte.

Als sie zurückkam, lag Jimmy auf dem Sofa. Er sah immer noch verkatert aus. Sie reichte ihm die Tube, und er bestand darauf, die Gebrauchsanweisung und die Zutaten im Wörterbuch nachzuschlagen.

»Um Gottes willen – das Zeug scheint aus Honig und Arsen zu bestehen.«

»Der Mann sagte, du mußt es da hintun, wo sie herkommen.«

Jimmy hievte sich hoch und kauerte sich bei der Badezimmertür hin. Inzwischen war der Strom von Ameisen so dicht, daß sie den Boden mit einem drei Zentimeter weiten Band bedeckten. Hunderte, die kamen und gingen. Er schraubte den Verschluß auf und zielte mit der öligen Flüssigkeit auf die Ritze, aus der sie hervorquollen und in der sie verschwanden.

»Tut euch daran gütlich, meine Kleinen.« Mehrere Tropfen fielen auf die Fliesen des Badezimmerbodens. Jimmy stand auf und wusch sich gründlich die Hände. Maureen kam, um zu sehen, welche Wirkung das Gift hatte.

»Die sind ganz verrückt danach, Jimmy. Sie stehen alle an, um davon zu trinken. Sieh doch nur.« Die Ameisen strömten jetzt in alle Richtungen, aber die hauptsächliche Bewegung bestand darin, am Rand der Flüssigkeit Schlange zu stehen. »Sie können's nicht lassen. Sieh nur, sie sterben.« Die Ameisen am Rande des Gifts regten sich nicht mehr. Andere schoben sie beiseite, um heranzugelangen. Maureen betrachtete die Fliese, auf die die einzelnen Tropfen gefallen waren. Um die Tropfen hatten sich Ameisten versammelt und rührten sich nicht mehr.

»Wie Wimpern an einem Auge«, sagte Maureen.

»Junge, Junge – das Zeug hat's aber in sich.« Jimmy blickte immer noch zu Boden, während er sich die Hände abtrocknete. »Gute Nacht, Wien.«

Maureen ging zum Strand. Wenn es Jimmy besser ginge, würde er später nachfolgen. Da sie am Supermercado vorbei mußte, trat sie ein und ließ den Mann an der Kasse mit hochgerecktem Daumen wissen, daß sein Ameisenvertilgungsmittel hochwirksam war. Er nickte und lächelte.

Erst auf dem Weg den Hügel hinab kam es ihr in den Sinn, daß er womöglich gar nicht wußte, was sie gemeint hatte. Der Gedanke war ihr peinlich. Velleicht wußte er nicht einmal, wer sie war – ein Mann wie er lächelte bestimmt allen seinen Kundinnen zu.

Es war schön, allein zu sein. Sie fühlte sich wohl in ihrer Haut. Langsam wurde sie sichtlich braun, ohne erst rot zu werden. Der blasse Streifen unter ihrem Uhrenarmband diente ihr als eine Art Gradmesser. Sie hatte keine Eile, zum Strand zu gelangen, und so ging sie zur Altstadt, um sich die Schaufensterauslagen anzusehen. Sie wollte nichts kaufen – nur schauen. Die meisten Geschäfte hatten geschlossen, und sie begriff, daß Siesta war. Die Straßen waren leer. Es war unheimlich – wie in einem Film, kurz nachdem die Bombe eingeschlagen hat. Die flachen Steine des Bürgersteigs waren heiß und glänzten, und sie hatte die Vorstellung, sie könne auf ihnen ausgleiten, wenn sie nicht achtgab. An einer Mauer klebten Plakate, die für ihren letzten Abend eine Fiesta ankündigten. Um elf Uhr sollte auf dem Platz am Hafen ein Feuerwerk stattfinden.

Sie ging jetzt durch ein Viertel der Stadt, in dem sie noch nicht gewesen war. Als sie um eine Ecke bog, tauchte vor ihr die Fassade einer Kirche auf. Sie schien aus einer Reihe von

Häusern herauszuwachsen und sah sehr alt und sehr spanisch aus. Sie lief die Straße hinunter auf sie zu. Sie kannte sich in diesen Dingen nicht aus, schätzte aber, daß sie aus dem Mittelalter stammte. In dem Bogen über dem Portal plusterten sich weiße Tauben auf und gaben gurrende, glucksende Töne von sich. Das Hauptportal war groß und uralt – mit eisernen Beschlagnägeln besetzt, jeder wie eine Pyramide geformt. Darin eingelassen war eine kleinere Pforte. Sie drückte die Klinke nieder, doch die Tür war verschlossen. Nun, da sie ausgesperrt war, wollte sie erst recht das Innere sehen. Mehrere Meter links vom Hauptportal befand sich eine Seitentür. Sie war sich nicht sicher, ob diese zum nächsten Haus gehörte oder zu der Kirche. Sie drückte auf die Klinke, und die Tür flog auf.

»Ah...« Sie trat ein. Aber sie befand sich gar nicht im Kircheninneren, sondern in einem Säulengang, der daneben verlief. An einem Ende war es dunkel und kühl, doch das andere war in helles Sonnenlicht getaucht. Zwischen den Säulen zerschnitten Bogen aus Schatten den Gang. Sie fühlte sich daran erinnert, wie sie einst aus einem finsteren Wald ins Sonnenlicht geblickt hatte. Krachend fiel die Tür hinter ihr ins Schloß. Von hier aus schien es keinen Zutritt zur Kirche zu geben. Sie ging die Kolonnade entlang auf das Sonnenlicht zu und lauschte dem leisen Kratzen ihrer Schuhsohlen auf dem Sandsteinboden. Über ihr wölbten sich die Bogen, getragen von Säulen gelber Steine, die heller und heller wurden, je mehr sie sich der Lichtquelle näherte. War sie für die Kirche anständig genug bekleidet? Ihr weißes T-Shirt ließ ihre Arme unbedeckt, doch an ihren

Bermudashorts konnte niemand Anstoß nehmen. Ihr war leicht beklommen zumute – wie einem Kind, das darauf wartet, ausgeschimpft zu werden, weil es in ein Gelände eingedrungen ist, das zu betreten es kein Recht hat. Wie, wenn *Monsignor* um die Ecke bog und sie auf spanisch anherrschte, sie anschrie, dies sei das Allerheiligste? Sie blieb stehen und spielte mit dem Gedanken, umzukehren. Aber sie war so neugierig, was hinter der Lichtquelle lag. Zögernd ging sie die Arkade entlang und kam zu einem kleinen Platz. Der Anblick verschlug ihr den Atem. Etwas daran erweckte in ihr ein Verlangen, wie sie es so heftig nur selten empfunden hatte. Die Furcht, ertappt zu werden, fiel von ihr ab. Irgendwie hatte sie das Gefühl, sie habe ein Recht, sich hier aufzuhalten. Es war ein Platz oder Atrium aus demselben hellgelben Stein wie die Säulen, die den Kreuzgang nach außen hin begrenzten. In der Mitte befand sich eine Art Taufbecken, das auf einem Podium von Stufen aufruhte. Darüber war eine dünne, schmiedeeiserne Überdachung. Maureen ging auf den Taufstein zu, dann drehte sie sich langsam mit zurückgelegtem Kopf im Kreis, um sich umzuschauen. Auf den kleinen Hof blickten Fenster, in jeder Mauer drei Stück, doch schien niemand dahinter zu wohnen. Es gab keine Fensterläden, keine Vorhänge. Leere Zimmer. Die Sonne stand jetzt fast senkrecht über ihr. Als sie sich auf die Stufen setzte, fühlte sich der Stein warm an. Sie wurde der vollkommenen Stille gewahr – wurde gewahr, daß außerhalb dieses Kreuzgangs die Stille einer Stadt herrschte, die Siesta hielt. Hier drinnen wurde alles noch verstärkt. Plötzlich wurde die Stille von Flügelschlag durchbrochen, mehrere weiße Tauben flogen auf das Ziegeldach. Maureen stand auf und stieg die Stufen zum Taufstein hoch. Sie stützte die Ellbogen auf den Rand und sah auf das runde Loch oder den Schaft in der Mitte. Sie sprang hoch, stützte sich auf die Vorderarme, so daß ihre Füße über dem Boden schwebten, und spähte in den Schacht. Auf dem Grund befand sich eine weiße Scheibe.

»Das ist ja ein Brunnen.« Sie nahm die Tasche von der Schulter, fand eine 25-Peseten-Münze – die mit einem Loch – und warf sie hinab. Es passierte nichts, und sie war erstaunt über die Stille. Wie konnte da nichts sein? Wo blieb das Geräusch der ins Wasser fallenden Münze –

plitsch!

Sie konnte nicht gauben, daß der Brunnen so tief war. Sie nahm eine andere Münze, ließ sie hinabfallen und zählte wie bei der Belichtung eines Photos. Eintausendundeins – Stille – eintausendundzwei – Stille – eintausendunddrei – immer noch Stille – eintau...

plitsch!

Wieder stemmte sie sich hoch und schaute in den Brunnen. Die Scheibe Licht auf dem Grund kräuselte sich. Dieser Ort hatte etwas zutiefst Befriedigendes. Es teilte sich ihrem Körper mit. Ihre Knie begannen zu zittern. Sie hielt sich an der Brunneneinfassung fest. Sie mußte sich auf die Stufen setzen und mit dem Rücken an den Brunnen lehnen.

So saß sie fast eine Stunde lang, sonnte sich und nahm die Stätte in sich auf. Gelegentlich veränderte sie ihre Position auf den Stufen oder betrat immer wieder einmal den schattigen Kreuzgang. Der Ort unterstrich ihr Alleinsein. Es war, als sei er eigens für sie geschaffen worden, und sie dürfe ihn mit niemandem teilen. Der Kreuzgang war ein Brunnen für Licht – der Kreuzgang war ein Brunnen für Wasser. Das Wort *omphalos* kam ihr in den Sinn. Sie assoziierte das Wort mit einem Gedicht von Seamus Heaney, das sie irgendwo gelesen hatte. Der Stein, der die Mitte der Welt bezeichnete. Der Nabel.

Das Sonnenlicht und die klare Luft, von den umliegenden Dächer auf so begrenztem Raum zusammengedrängt, wurden zu einer Linse, die ihr erlaubte, sich selbst genauer zu betrachten. Sie begriff sich nicht mehr als Frau mittleren Alters – noch immer war sie dieselbe Person, die sie ihr ganzes Leben gewesen war: ein Kind, das von der Mutter gebadet wurde, eine küssende Halbwüchsige. Sie war dieselbe Braut, dieselbe werdende Mutter in weißen Socken und Steigbügeln auf dem Entbindungsbett. Ihr Seele war die des jüngeren Mädchens. Sie *fühlte* sich gleich.

Seele war ein Wort. Was bedeutete es? Die Leute redeten davon, daß man Schicht um Schicht freilegen müsse, um die Seele zu offenbaren. Sie war nicht tief in ihr begraben. So war es ganz und gar nicht. Ihre Seele, das war sie selbst – es war die Art, wie sie mit anderen Menschen umging, es war die Liebe zu ihren Kindern, zu den Leuten um sie herum und zu Leuten, die sie noch nie gesehen hatte, aber für die sie sich verantwortlich fühlte. Ihre Seele war die Art, wie sie mit der Welt umging – einschließlich Ameisen und allem.

Sie lächelte über sich. An dieser Stätte wußte sie, wer sie war. In der einen Stunde ihres Hierseins war sie ihr heilig geworden. An diese Zufluchtsstätte – dieses Kloster – würde sie sich ihr Leben lang erinnern.

Als sie zum Strand kam, war Jimmy schon da. Er lag flach ausgestreckt auf einer Sonnenliege, mit dem Rücken zur Sonne. Maureen ging zu ihm und stubste mit dem Schienbein seinen Ellbogen an.

»Hi.«

»Buenos diás«, sagte er. Er sah sie von der Seite an. »Wo bist du denn gewesen?«

»Bin herumgelaufen. In die Altstadt gegangen.«

»Irgend etwas gesehen?«

»Die Geschäfte waren geschlossen. Die Kirche auch. Siesta.«

»Wo bist du dann so lange abgeblieben?«

»Ich habe mich umgetan. Einen Kaffee getrunken. Eine Weile in einem alten Hof gesessen.« Da es schon zu spät war, um die Sonnenliege voll auszukosten, breitete sie ein Handtuch aus, nachdem sie den Sand herausgeschüttelt hatte. »Oh, morgen abend gibt's eine Fiesta – ein Feuerwerk, eigens für uns zum Abschied.«

»Das ist aber nett von denen.«

»Wie fühlst du dich inzwischen?«

»Sauwohl.« Aber als er sich herumwälzte, um sich die Brust von der Sonne bescheinen zu lassen, stöhnte er trotzdem. Er verschränkt die Hände hinter dem Nacken und beobachtete zwischen den Füßen hindurch das deutsche Mädchen und ihren Freund. »Du hast was verpaßt«, sagte er. »Ich bin sicher, daß sie auf seiner Hand gelegen hat.«

»Jimmy – laß sie zufrieden. Sei doch nicht so ein...«

»Erinnerst du dich noch?«

»Ich weiß wirklich manchmal nicht, was in den Köpfen von Männern vor sich geht.« Sie zog Shorts und T-Shirt aus und legte sich auf das sorgsam hingebreitete Handtuch.

Es war laut am Strand – eine Gruppe von Engländern schrie sich am Wasserrand die Kehlen heiser – ein Baby weinte, während seine Windel gewechselt wurde – irgendwo spielte Euro-Popmusik, und im Strandcafé wurde ständig mit Geschirr geklappert.

»Oder ob in ihren Köpfen überhaupt irgend etwas vorgeht.«

Ehe sie am nächsten Abend essen gingen, beschlossen sie, den Whiskey vor dem Rückflug »aufzubrauchen«. Weil es ihr letzter Abend war, wollten sie sich feinmachen. Solange es noch hell war, saßen sie auf dem Balkon. Maureen hatte einen kleinen Whiskey und er einen sehr viel größeren.

»Ich laß lieber noch etwas drin für einen Schlummertrunk«, sagte Jimmy.

»Aber du wirst doch den ganzen Abend trinken.«

»Schlummertrunk ist Schlummertrunk. Wir haben mit der Flasche hausgehalten.«

»Wir?«

»Fast so gut wie mit dem All-Bran. Wenn wir auch nur

einen Tag länger blieben, würde meine Verdauung zum Erliegen kommen.«

Sie saßen da, sahen hinaus aufs Meer und den geraden Horizont, auf die weißen Gebäude, die Palmen, die Kräne.

»Ich werd's vermissen«, sagte Maureen. Die ganze Woche über hatten sie niemanden gesehen, der an den unvollendeten Apartments gearbeitet hätte. Die Kräne waren unbemannt, und doch bewegten sie sich unmerklich – nicht wie Wetterfahnen im Wind, aber wann immer Maureen oder Jimmy zufällig zu den Kränen aufblickten, nahmen sie eine andere Position ein und standen in einem anderen Winkel zueinander.

»Hier greift wohl auch die Rezession«, sagte Jimmy.

»Nächste Woche sind wir wieder mitten im Alltag.«

»Red nicht davon – verdirb uns nicht den letzten Abend.«

»Ich glaube – ich hab mir gedacht, wo doch die Kinder jetzt fast aus dem Haus sind, könnte ich mir vielleicht einen Job suchen.«

»Als was denn?«

Sie zuckte mit den Schultern.

»Vielleicht kann ich mich zu irgend etwas ausbilden lassen.«

»In deinem Alter?« sagte Jimmy. »Keine Chance.«

»Warum mußt du mich immer schlechtmachen?«

»Ich bin nur *realistisch*, Maureen.«

»Ich hatte drei Einser im Zeugnis. Ich hatte eine gute Stelle im Photolabor, bevor du daherkamst.«

»Als alles immer in Schwarzweiß gesehen wurde.« Er lachte.

»Als wir gefeuert wurden, wenn wir schwanger waren.«

Er trank seinen Whiskey aus und stand auf.

»Wenn wir essen *und* das Feuerwerk sehen wollen, sollten wir jetzt besser gehen. Sehe ich einigermaßen aus?«

»Ja, bestens.« Sie zupfte ein paar graue Haare vom Kragen seines marineblauen Blazers und klopfte ihm ein paar Schuppen ab.

»Du schaust gut aus«, sagte er und küßte sie.

Während des Essens im Restaurant trank Jimmy die Flasche Wein zu drei Vierteln selbst. Weißwein betrachtete er nicht als alkoholisches Getränk, ein »Getränk für junge Dinger« nannte er ihn. Als sie beim Kaffee waren, hatte Jimmy die Flasche geleert. Maureen fiel auf, daß er während der Mahlzeit häufiger als gewöhnlich über die Schulter blickte. Sie drehte sich um und sah eine attraktive, braungebrannte junge Frau in weißem Kleid, die allein da saß.

»Wunderhübsch, nicht wahr?« sagte Jimmy.

Maureen nickte. »Weshalb sitzt sie allein?«

»Weil ihr Geliebter gerade aufs Scheißhaus gegangen ist.«

»Und ich wollte mir eben schon eine romantische Geschichte ausdenken.«

»Möchtest du den Rest von deinem Wein?«

Maureen schüttelte den Kopf. Er goß den Rest in sein Glas.

»Laß dir die Rechnung geben, Jimmy.« Er hob den Arm und zog die Aufmerksamkeit des Kellners auf sich.

Als sie wieder für sich waren, sagte er: »Eine Frau allein ist die erotischste Vorstellung, die ein Mann haben kann.«

»Was meinst du damit?«

»Allein ist sie vollkommen. Das Gehirn, der Körper, die Gefühle. Unter der Dusche, im Bett. Ungehindert sie selbst.«

»Verstehe ich immer noch nicht.«

»Sexy. Selbstvergessen. Unerreichbar. Reserviert. Distanziert.«

»Ich dachte, sexy sei das Gegenteil von distanziert.«

»Eine Frau allein in einem Geschäft«, sagte Jimmy, »ist selbstvergessen – wenn sie ein Kleidungsstück auswählt – ein Regal mit Kleidern durchwühlt.«

»Oder wenn sie aufmerksam ein Buch liest – oder gar ein Buch *schreibt*.«

»Du bist heute abend wirklich verdammt aufsässig.«

Der Partner der Frau in Weiß kehrte an den Tisch zurück.

»Er ist zurück«, sagte Jimmy. Maureen drehte sich auf ihrem Stuhl um.

»Verheiratet sind sie bestimmt nicht«, sagte sie. »Sie hat ihn angelächelt. Sie stehen noch am Anfang. Das zweite oder dritte Rendezvous.«

»Erinnerst du dich noch?«

»Ja«, sagte Maureen. »Lebhaft.«

»Das ist die Zeit, wenn man alles herausfindet... alles weiß, was es zu wissen gibt... Zwischen Verliebten darf es keine Heimlichkeiten geben.«

»Stuß, Jimmy. Du verlangst das Unmögliche. Außerdem kann es nie eine Situation geben, wo du über einen anderen Menschen *alles* weißt. Viel schwieriger ist es, *eines* mit Bestimmtheit zu wissen.«

»Mag sein.«

»Wenn es nichts mehr zu wissen gibt, gibt es auch nichts Rätselhaftes mehr. Wir wären alle völlig vorhersagbar.«

Der Kellner brachte die Rechnung, sie zahlten und brachen auf. Maureen sah auf die Uhr und merkte, daß es bis zum Beginn des Feuerwerk nur noch wenige Minuten waren. Rasch gingen sie zum Hauptplatz.

Es war ein großes offenes Areal, das auf den Hafen ging. Am hinteren Ende des Platzes waren die dunklen Umrisse öffentlicher Gebäude zu sehen. Parkanlagen, Gehwege und Treppen führten zum Meer. In gleichmäßigem Abstand waren Bäume unterschiedlichster Art gepflanzt. Zwischen den Bäumen hingen Ketten mit bunten Lichtern, doch brannten diese nicht. Jimmy wies Maureen lachend darauf hin.

»Die sind genauso gut organisiert wie die Iren«, sagte er. »Wenn sie ein Mikrophon hätten, würde es fiepen.«

Der Platz hatte sich mit Einheimischen gefüllt, die auf das Feuerwerk warteten. Unter ihnen fielen Ferienreisende wie Jimmy und Maureen auf.

Plötzlich hörten sie das Zischen einer Rakete, gefolgt von einem ohrenbetäubenden Knall. Sowohl Maureen wie Jimmy zuckten sichtlich zusammen. Es erschallten Trommeln und das heisere Pfeifen einer Schalmei, und etwa zehn Gestalten sprangen mitten auf den Platz.

»Ach du Schande, der Ku-Klux-Klan«, sagte Jimmy.

Sie waren mit weißen Overalls bekleidet, einige davon wie Laken, andere wie grob geschneiderte Anzüge. Ihre Köpfe steckten in dreieckigen Kapuzen mit Augenschlitzen.

Zwei oder drei von ihnen schlugen auf Trommeln ein, alle tanzten – hopsten und schlugen Räder.

»Das Aussehen von diesen Typen gefällt mir nicht.«

»Die sehen wirklich schaurig aus.«

»Wie besoffene Gespenster.«

»Oder eher wie von diesem Maler – Miró«, sagte Maureen. Die Gestalten tanzten und wirbelten umher, sie hielten kreiselnde Feuerwerkskörper in den Händen und warfen Knallfrösche in die Menge, die kreischend zurückwich.

»Schwärmer haben wir die genannt«, rief Maureen. Die Truppe der Tänzer schob auf Rädern Skulpturen umher – Halbmonde, eckige Bäume, rotierende Kugeln –, an denen Feuerwerkskörper angebracht waren. Über den Köpfen der Zuschauermenge zerplatzten Raketen und Leuchtkugeln rot, grün und gelb. Zwischen den Füßen der Umstehenden explodierten Knallfrösche. Die Luft war erfüllt mit dem Geschrei von Kindern und Erwachsenen, die vor ihnen zurücksprangen.

»Mein Gott – das ist so gefährlich«, sagte Jimmy. »Die verstoßen gegen sämtliche gesetzlichen Vorschriften.« Die Trommeln hämmerten, und die Schalmei gellte. Wenn die Skulpturen herumgeschwenkt wurden, spien sie Funken – manchmal hatte es den Anschein, als bewegten sich die Skulpturen *wegen* der Funken – mit Düsenantrieb.

»Die Gewänder müssen feuerfest sein. Zu Hause wäre das nicht erlaubt. Ich mache mir vor Angst fast in die Hose – trotz All-Bran.«

»Es ist ausgesprochen primitiv – prähistorisch«, sagte Maureen.

»Wie kann es prähistorisch sein? Das Schießpulver ist erst im Mittelalter erfunden worden.«

»Sie werden etwas Entsprechendes gehabt haben – Feuer, Fackeln, Funken.«

»Komm, laß uns von hier verschwinden, bevor sich jemand verletzt.«

Die Truppe hatte sich aufgeteilt, und bevor Jimmy und Maureen sich von der Stelle rühren konnten, waren drei Tänzer die Treppe hinaufgerannt und tauchten hinter ihnen auf. Von nahem sahen sie, daß die Gewänder mit Symbolen im Stile Mirós bestickt waren. Einer hielt etwas in die Höhe, das wie die Speichen eines Regenschirms aussah. Plötzlich explodierte es zu einem Funkenmeer – fünf Feuerräder mit Pfeiftönen, die ihre Funken in alle Richtungen versprühten. Sie regneten auf die Menge herab – weiße Magnesiumfunken – und tauchten sie in Licht und Gefahr, und alles schrie und schlug die Hände vor den Köpfen zusammen.

»Verfluchte Scheiße«, schrie Jimmy. Maureen sah, daß die weißen, heißen Funken vom Kopfsteinpflaster abprallten wie klatschender Regen – weiß, dicht, wie die Funken eines Schweißbrenners. Sie versuchte, ihren Kopf zu bedekken – sie wußte, daß ihre Schultern entblößt waren. Aber sie spürte nichts. Jimmy auch nicht. Sie rannten los, fort von den Tänzern. Jimmy bahnte sich mit den Ellbogen einen Weg durch das Getümmel und zog Maureen an der Hand hinter sich her. Am Rand des Menschenauflaufs sahen sie einander an und mußten lachen.

»Die sind wie Handfeuerwerkskörper für Kinder«, sagte Jimmy. »Harmlos. Wie Wunderkerzen.«

»Bist du dir sicher?«

»Ich geh nicht noch mal zurück, um nachzuschauen, das kann ich dir sagen.«

Wieder kam es über ihren Köpfen zu einer Reihe gewaltiger Explosionen, so daß Maureen aufkreischte. Was Jimmy für defekte bunte Lichter gehalten hatte, waren in Wahrheit Schwärmer, die nur ein, zwei Meter über ihnen Köpfen explodierten. Händchen haltend, rannten sie davon.

Auf dem Bürgersteig vor einem Bistro, von dem man immer noch das Feuerwerk sehen konnte, hielten sie an. Sie bekamen beide einen Sherry gratis. Die drei mutmaßlichen Priester saßen an einem Tisch nahe der Tür. Sie grüßten einander mit einem Kopfnicken. Jimmy bestellte einen menorkinischen Gin, und weil er am nächsten Abend nach Hause fliegen würde, gestattete er dem Barmann, das Glas mit Eis zu füllen. Sie saßen an derselben Seite des Tisches, Schulter an Schulter, in sicherer Entfernung vom Feuerwerk.

»Das reinste Straßentheater«, sagte Maureen. »Die Zuschauer werden wegen ihrer Angst hineingezogen. Sie sind ganz aufgedreht. Die Kostüme, die Musik, das Feuer...«

»Zu Hause würde so etwas nie passieren.«

»Ja, wir bringen die Leute lieber gleich um.«

»Die Gefahr bereitet Vergnügen. Das Publikum geht völlig darin auf.«

»Sieh mal«, sagte Jimmy. Das junge deutsche Pärchen entfernte sich vom Feuerwerk. Sie hielten einander umschlungen. Sie blieben stehen, um sich zu küssen, und der

Junge ließ beide Hände auf Heidruns Gesäß hinabgleiten, um sie fester an sich zu ziehen.

»Ein hübsches Paar – auch wenn wir ihre Sprache nicht verstehen.«

Als der Kuß beendet war, liefen die Liebenden am Bistro vorbei. Der Junge schlängelte seine Hand hinten in ihre Shorts, und Heidrun lehnte ihren Blondschopf an seine Schulter.

Jimmy ahmte die Gebärde nach und legte seinen Kopf auf Maureens bloße Schulter.

»Ich möchte immer noch gern wissen, wie weit du mit früheren – mit den Männern vor mir gegangen bist. Du kanntest ein paar hübsche Kniffe.«

Sie sah ihn mit zusammengepreßten Lippen an, dann entzog sie sich seinem Kopf.

»Heute möchte ich dich nicht mit einem anderen Mann sehen – aber damals hätte ich dich ganz gern mit einem gesehen.«

»Das führt doch zu nichts«, sagte sie leise. »Jimmy, laß es doch sein.«

»Nein, weshalb sollte ich? Dann erzähl mir eben, wie du das erste Mal gekommen bist.«

»Ich würde es, wenn ich könnte – falls es dir so wichtig ist. Aber ich kann nicht, also tu ich's nicht. Würdest du diese Frage gern deinen Töchtern stellen, wenn du sie das nächste Mal siehst?«

»Sei doch nicht blöd. Das ist doch etwas ganz anderes.«

»Ich wüßte nicht, wieso.«

»Warum kannst du's mir denn nicht sagen?« fragte

Jimmy. »Du bist verklemmt. Warum können wir nicht offen darüber reden?«

»Wer hier verklemmt ist, das bist du«, schrie sie fast, »weil du so ein dummes Zeug wissen willst. Du bist ja richtig fixiert darauf.«

»Es ist eine Frage, die ich dir schon immer stellen wollte. Ich dachte – eine günstigere Gelegenheit gibt es nicht. Ferien. Allein. Keine Kinder.«

»Für derartige Fragen ist keine Gelegenheit günstig.«

Als sie ihr Sherryglas hob, zitterte ihre Hand.

»Mach doch nicht soviel Trara darum.«

»Wenn du es mit jemandem tust, dann gibt es einen Pakt – eine stillschweigende Vereinbarung – daß es geheim bleibt – daß es etwas zwischen euch beiden ist. Verschwiegenheit ist eine Ehrensache.«

»Also *hast* du's getan?«

»Nein – *sei doch nicht so dämlich* – es könnnten auch Küsse sein, Zärtlichkeit, eine Schäkerei oder ein Flirt. Was immer es ist, es geht dich einen feuchten Kehricht an.«

Sie trank ihren Sherry nicht aus, sondern stand auf.

»Ich gehe nach Hause. Du kannst hier bei deinen Priestern bleiben, wenn dir danach ist.«

Gegen drei Uhr kroch Jimmy zu ihr ins Bett und weckte sie aus dem Tiefschlaf. Er war betrunken und weinte und entschuldigte sich und tätschelte ihre Schulter und sagte ihr, wie gut sie sei und wieviel sie ihm bedeute und daß er sie nie nie nie nie verlassen werde. Er sei ein Ekel, aber so sei er eben nun mal, ob ihr das nun passe oder nicht. Aber sie sei eine wunderbare Frau.

»Jimmy, halt den Rand, ja?« Jetzt wo er sie gestört hatte, stand sie auf und ging ins Bad. Als sie zurückkam, schnarchte er laut. Sie drückte die Schlafzimmertür ins Schloß, damit er nicht aufwachte, und versuchte, auf dem Sofa Schlaf zu finden. Sie fühlte sich allein – ja einsam – auf dem schmalen Rechteck aus Schaumstoff – ein ganz anderes Gefühl als die wunderbare Abgeschiedenheit, die sie in dem Kreuzgang empfunden hatte. Sie konnte nicht schlafen. Ihr kam der Gedanke, Jimmy zu verlassen, aber es erschien ihr so unsäglich schwierig, war überhaupt nicht zu verwirklichen. Schließlich war nichts wirklich Schlimmes – oder Gutes – vorgefallen, das sie dazu nötigte, die Möglichkeit ernsthaft in Betracht zu ziehen. Wo würde sie wohnen? Wie würde sie es den Mädchen beibringen? Was würde sie ihren Eltern sagen? Was die Stelle anging, hatte Jimmy recht. So zu verbleiben wie bisher, erschien ihr so viel einfacher. Der Status quo. Die Leute blieben zusammen, weil es die beste Regelung war. Endlich schlief sie ein, und am anderen Morgen konnte sie nicht mehr unterscheiden, wann ihre Überlegungen sich verloren hatten und in Träume übergegangen waren.

»Jimmy, ich finde, wir sollten versuchen, den letzten Tag noch zu nutzen.« Sie sprach, um ihn zu wecken. Erschrocken drehte er sich im Bett herum und blickte ins Zimmer. Auf dem Fußboden hatte Maureen den großen Koffer geöffnet. Sie hatte sich eines seiner Jacketts unters Kinn geklemmt und schlug auf ihrer Brust die Ärmel übereinander. Sie packte es in den Koffer, dann griff sie nach einem anderen. Jimmy versuchte, nicht zu stöhnen. Er setzte sich auf die Bettkante, und es dämmerte ihm, daß er seine Kleider noch anhatte. Sie mußte ihm die Schuhe ausgezogen haben. Er legte seinen Kahlkopf in die Hände.

»Hast du Wasser aufgesetzt?«

»Ja – vor zwei Stunden.«

Er stand auf und leerte die Packung All-Bran – von den Flocken war inzwischen nur noch Staub übrig. Er machte sich Tee und schob eine Schnitte Toastbrot in den skelettartigen Toaster. Maureen fuhr fort zu packen.

»Um wieviel Uhr geht unsere Maschine?« fragte er.

»Um achtzehn Uhr.«

»Ich hasse diese Zeitangaben. Wieviel Uhr ist das?«

»Minus zwölf. Um sechs.«

Jimmy duschte und zog sich um. Nachdem er sich die Zähne geputzt hatte, packte er alles in Sichtweite in seinen Waschbeutel. Ein Tuch um die Hüften geschlungen, kam er aus dem Bad. Er grinste. Maureen kniete auf dem Boden und packte Schmutzwäsche in eine Plastiktüte von Spar.

»Nach dem Kater hab ich einen Ständer.«

»Zu dumm! Es gibt viel zu tun.«

»In der Tat.«

Maureen nahm einen Besen und eine Kehrschaufel aus Plastik zur Hand. Im Wohnzimmer knirschte der Sand, den sie mit ihren Schuhen auf dem Fußboden verstreut hatten. Anfang der Woche hatte Jimmy ein Wasserglas umgeworfen, auf dem gefliesten Fußboden war es in tausend winzige Stücke zersprungen. Sie glaubte, alle zusammengekehrt zu haben, doch immer noch fand sie gefährliche Splitter im Staub.

Das Honiggift zwischen Badezimmer und Wohnzimmer war an den Rändern immer noch schwarz von toten Ameisen. Es gab keinen Scheuerlappen, und sie hatte sie nicht auffegen und den Boden klebrig machen wollen. Jetzt schien es nichts mehr auszumachen, und sie fegte den ganzen Dreck auf die Kehrschaufel. Einzelne Ameisen hatten ihre Gestalt verloren und waren nur mehr schwarze Flekken. Sie drehte den Wasserhahn auf und spülte sie in den Ausguß.

Jimmy wurde auf die Straße hinuntergeschickt zu den Mülleimern, während sie alle noch eßbaren Lebensmittel in den Kühlschrank räumte, als Geschenk für die Person, die saubermachte. Als er zurückkam, war alles gerichtet, und die Koffer standen mitten im Zimmer. Maureen trank einen letzten Kaffee, und auf dem Tisch stand eine Tasse für ihn bereit.

Er stellte sich hinter ihren Stuhl und legte die Arme um sie.

»Tut mir leid«, sagte er. »Wegen gestern abend. Daß ich immer wieder davon angefangen habe...« Er küßte sie auf den Scheitel.

»Jimmy – versprich mir, daß du mich nicht schon wieder damit belämmerst.«

»Großes Pfadfinderehrenwort.« Er begann ihr die Muskeln zwischen Nacken und Schultern zu massieren.

»Ah – Vorsicht – das tut weh.«

»Um wieviel Uhr müssen wir das Apartment räumen?«

»Am Mittag.«

Er beugte sich vor und flüsterte: »Dann haben wir ja noch zwanzig Minuten.«

Für die verbleibenden Stunden gaben sie ihr Gepäck dem Büro der Reisegesellschaft zur Aufbewahrung und liefen zum Strand hinunter. Sie gingen zu dem Felsvorsprung am anderen Ende.

»Mit hat's richtig gut gefallen«, sagte Jimmy. »Das ganze.«

»Mit wem hast du dich gestern abend herumgetrieben?«

»Sie haben gesagt, sie seien Sozialarbeiter. Sie haben also zugegeben, Priester in Zivil zu sein. Sie waren in Ordnung.«

»Worüber habt ihr euch unterhalten.«

»Ich fürchte... eh... Große Brocken davon sind mir entfallen. Es kommt mir vor, als hätten wir viel gelacht. Ich glaube, sie waren genauso besoffen wie ich.«

»Mir gefällt nicht, wie die aussehen. Sie sehen aus wie Leute, die große Umwege auf sich nehmen, um abzukürzen.«

Sie setzten sich auf die Felsen und sahen zu, wie das Meer zu ihren Füßen heranbrandete.

»Wie klar es ist«, meinte Jimmy. Das Wasser war blaugrün, durchsichtig.

»Manchmal bist du ein richtiges Ekel, wenn du so nach Hause kommst. Du siehst so *dämlich* aus.«

»Tut mir leid.«

Sie sahen ein altes Ehepaar in Badeanzügen, das nahe den Felsen ins Meer hinauswatschelte. Sie sahen aus, als wären sie in den Achtzigern. Die Frau trug eine rosa Bademütze, die wie eine konische Muschel geformt war. Ihr runzliger Rücken war von Muttermalen oder Altersflecken übersät, als ob jemand sie mit einer Handvoll nassem Sand beworfen hätte. Der alte Mann hatte einen kalten Zigarrenstummel im Mundwinkel klemmen. Ihre Haut war fahl. Südländisch, aber blasser als die der Leute um sie herum, weil sie nicht der Sonne ausgesetzt war – dabei hatten ihre Gesichter und Arme die nußbraune Farbe von Leuten, die im Freien arbeiten. Der Alte faßte die Frau beim Ellbogen und redete auf spanisch laut, fast scheltend, auf sie ein. Aber vielleicht war sie taub oder konnte ihn nicht hören, weil ihre Ohren von der rosa Kegelmütze bedeckt waren. Sie schüttelte den Kopf und verzog ärgerlich das Gesicht. Sie standen bis zu den Schenkeln im Wasser und wateten hinaus. Als ihr das Wasser bis zur Taille reichte, begann sie mit den Händen kleine Bewegungen zu machen, als wolle sie im Bruststil schwimmen. Sie bekreuzigte sich. Wieder schrie der Alte sie an. Sie fertigte ihn mit einer Handbewegung ab, dann tauchte sie unter, indem sie sich hinkauerte. Das Gesicht hielt sie über Wasser. Der Alte streckte seinen Arm aus und faßte sie mit einer Hand unterm Kinn. Sie ruderte wieder mit den Armen wie beim Bruststil, diesmal *im* Wasser. Der Alte rief ihr aufmunternde Worte zu. Sie schwamm etwa zehn oder zwölf Stöße, bis sie Wasser schluckte, husten mußte und sich strampelnd aufrichtete. Der alte Mann schrie durchdringend und schleuderte seinen feuchten Zigarrenstummel in hohem Bogen ins Meer.

»Mein Gott – er bringt ihr das Schwimmen bei.« Jimmy drehte sich um und sah seine Frau an. Maureen wußte nicht, ob sie lachen oder weinen sollte.

»Wunderbar«, sagte sie. »Was für eine wunderbare Idee.«

Das Sterbehaus

Um drei Uhr hob Mrs. McQuillan eine Lamelle der Jalousie und blickte zum Haus auf der anderen Straßenseite hinüber.

»Scheint jetzt ziemlich ruhig zu sein«, sagte sie. Dermot las weiter in der Zeitung. »Zieh dich an, Junge, und geh mit mir hinüber.«

»Muß ich unbedingt?«

»Es ist wirklich nicht zuviel verlangt.«

»Wenn ich auf der Arbeit wäre, könnte ich ja auch nicht.«

»Bist du aber nicht – um so schlimmer.«

Sie trug Tagescreme auf, wobei sie den Kopf vor dem Spiegel im Alkoven hierhin und dorthin reckte. Dann bürstete sie sich ihr graues Haar hinter die Ohren.

»Dermot.«

Dermot warf die Zeitung aufs Sofa und lief stampfend nach oben.

»Und rasier dich«, rief seine Mutter ihm nach.

Er stöberte in seiner Schublade und fand eine schwarze Krawatte, die ihm jemand zur Beerdigung seines Vaters geliehen hatte. Sie war so oft gewaschen und gebügelt worden, daß sie ihre Form verloren hatte. Er versuchte sie zu knoten, aber immer wieder hing sie schief.

Nachdem er sich seinen guten Anzug angezogen hatte, fiel ihm wieder ein, daß er sich rasieren sollte, und er ging ins Badezimmer.

Als er nach unten kam, saß sie in Sonntagsmantel und -hut auf der Sofakante. Sie stand auf und musterte ihn.

»Die wird auch immer schmuddeliger«, sagte sie, »unten sieht sie aus wie eine Ziehharmonika.« Sie stellte sich auf die Zehenspitzen und zupfte ihm einen Faden von der Schulter.

»Warum machen wir das eigentlich?« fragte Dermot. Sie antwortete ihm nicht, sondern deutete auf einen Klacks Rasiercreme an seinem Ohrläppchen. Dermot entfernte ihn mit Zeigefinger und Daumen.

»Aus Respekt. Aus Respekt vor dem Toten«, erwiderte sie.

»Als er noch gelebt hat, hattest du ja auch keinen Respekt vor ihm.«

Sie ging hinaus in die Küche, holte den Beutel mit dem Schuhputzzeug und legte ihn vor Dermot hin. Er seufzte und öffnete das Zugband. Ohne sich die Schuhe auszuziehen, trug er mit der kleinen Bürste Schuhcreme auf.

»F... the Pope and No Surrender.«

»Du sollst das Wort nicht in den Mund nehmen«, sagte sie. »Nicht einmal im Scherz.«

»Hab ich doch gar nicht. Ich hab F... gesagt, oder etwa nicht?«

»Das will ich auch schwer hoffen. Außerdem ist es nicht seinetwegen, sondern ihretwegen. Als dein Vater gestorben ist, kam sie auch herüber.«

»Ja, aber er nicht. Wahrscheinlich war Bobby im Pub und hat sich aufs Nachhausekommen vorbereitet – um uns die halbe Nacht wach zu halten.«

»Er war kein schlechter Kerl.«

»Aber ein guter auch nicht. Jeden Freitag, sein ganzes Leben lang. ›F... THE POPE AND NO SURRENDER!‹ Dermot grinste, und seine Mutter lächelte.

»Komm schon«, sagte sie. Mit der Polierbürste schrubbte Dermot gründlich seine Schuhe, dann nahm er die zweite, kleinere Bürste, schob beide mit ihren Borsten ineinander und ließ sie in den Beutel fallen. Seine Mutter nahm zwei Rosenkränze aus ihrer Manteltasche und hängte sie über die Herz-Jesu-Leuchte unter dem Bild.

»Wäre doch schlimm, wenn ich sie aus Versehen hervorholen würde.«

Gemeinsam gingen sie über die Straße.

»Ich hab noch nie in meinen Leben einen Fuß in dieses Haus gesetzt«, flüsterte sie. »Wir bleiben auch nicht lange.«

Mrs. McQuillan wußte vom jahrelangen Aus-dem-Fenster-Schauen, daß die Klingel nicht funktionierte. Sie klapperte am Briefkastenschlitz, und es kam ihr zu laut vor. Nicht würdevoll genug. Der junge Cecil Blair öffnete die Tür und ließ sie eintreten. Dermot schüttelte ihm linkisch die Hand, er wußte nicht, was er sagen sollte.

»Mein eh... Beileid.«

Cecil nickte mit verkniffenem Mund und führte sie ins überfüllte Wohnzimmer. Mrs. Blair, in Schwarz, saß mit geschwollenen Augen am Kamin. Dermots Mutter ging zu ihr und schüttelte ihr zwar nicht richtig die Hand, behielt sie aber doch einen Augenblick in der ihren.

»Mein aufrichtiges Beileid«, sagte sie.

Mrs. Blair nickte, ganz wie ihr Sohn, mit verkniffenem Mund und sagte: »Bring Mrs. McQuillan eine Tasse Tee.«

Cecil ging in die Küche. Ein junger Mann, der neben der Witwe saß, sah, daß Mrs. McQuillan keinen Sitzplatz hatte und fand einen Vorwand, um aufzustehen und hinauszugehen. Mrs. McQuillan setzte sich und dankte ihm. Cecil lehnte sich zur Küchentür heraus und sagte zu Dermot: »Was trinkst du?«

»Ein Stout?«

Der junge Cecil verschwand wieder.

»Es ist eine sehr, sehr traurige Zeit für Sie«, sagte Mrs. McQuillan zu der Witwe. »Ich habe das auch schon durchgemacht.« Mrs. Blair seufzte und blickte zu Boden. Ihr Gesicht war blaß, und ihre Stirn lag in Falten. Es sah aus, als könnten ihr jeden Augenblick wieder Tränen in die Augen schießen.

Als der Tee kam, war er lauwarm und milchig, doch Mrs. McQuillan nippte vorsichtig daran, als wäre er heiß. Das Porzellangeschirr balancierte sie auf dem Handteller. Dermot lehnte mit einer Schulter gegen die Wand und schenkte sich zu hastig aus der Stout-Flasche ein. Die kremige Schaumkrone stieg so rasch auf, daß er daran saugen mußte, um zu verhindern, daß sich der Schaum auf den Teppich ergoß.

An der Wand neben ihm hing ein kleines gerahmtes Bild der Queen, als sie jung war. Es hatte schon so lange dort gehangen, daß das Sonnenlicht sämtliche Rottöne aus dem Druck ausgebleicht hatte und nur noch die Blau- und Gelbtöne übriggeblieben waren. Der Briefkastenschlitz an der Haustür klapperte, und Cecil ließ Dermot allein stehen. Von der Diele hörte man laute Stimmen – zu laut für ein Sterbehaus –, dann kam eine weitere Gruppe, drei Männer, alle mittleren Alters, die dunkle Anzüge trugen. Nacheinander schüttelten sie Mrs. Blair die Hand, wobei jeder sagte: »Herzliches Beileid.« Ihre Hände waren rot und wund gescheuert. Dermot wußte, daß es Farmer aus der nächsten Gemarkung waren, kannte aber ihre Namen nicht. Cecil fragte sie, was sie trinken wollten. Einer von ihnen sagte: »Wir halten uns an Whiskey.« Die anderen pflichteten ihm bei, und Cecil schenkte jedem von ihnen ein Glas ein.

»Wasser?«

»Nein, pur. Auf unser Wohl«, sagte einer von ihnen und hob halb sein Glas. Alle nickten und tranken. Dermot hörte einen von ihnen sagen: »Wo Bobby jetzt ist, da gibt's keine Drinks.« Die beiden anderen wollten schon lächeln, unterließen es aber.

Dermot sah seine Mutter an, die mit der Witwe redete.

»Es trifft uns alle noch«, sagte sie. »Dieses Leben ist nur eine Vorbereitung.«

»Bobby war nicht sonderlich interessiert daran, sich vorzubereiten«, sagte die Witwe. »Aber im Grunde seines Herzens war er gut. Etwas Besseres kann man nicht sagen.« Alle im Zimmer nickten schweigend.

Jemand bot Dermot ein weiteres Stout an, das er auch annahm. Er blickte zu seiner Mutter hinüber, doch die schien nichts bemerkt zu haben. Die beiden Frauen hatten die Stimmen gesenkt und unterhielten sich, die Köpfe zusammengesteckt.

Einer der Farmer – ein Mann mit einer großporigen Nase, der in der Küchentür stand – sprach Dermot an: »Hast du Bobby gekannt?«

Dermot schüttelte den Kopf. »Nicht gut. Nur vom Sehen.« Er hatte ein Bild vor Augen, wie eben jener Bobby einen Monat vorher die Straße hinaufgetorkelt und vor seinem Gartentor stehengeblieben war, um in beiden Taschen nach dem Schlüssel zu kramen. Es war eine Julinacht, und Dermots Schlafzimmerfenster stand offen, um frische Luft hereinzulassen.

»Ich seh doch, daß euer Vorhang sich bewegt, ihr Dreckskerle.« Ein Schritt vor, ein Schritt zurück. Eine verächtliche Handbewegung zum Haus der McQuillans hin. Dann ganz verhalten: »Scheiß doch der Hund auf euch alle.«

Lange stand er breitbeinig so da. Ein Schritt vor, ein Schritt zurück. Dann schrie er aus voller Kehle: »Fuck the Pope...!«

Dermot ließ den Vorhang los und legte sich wieder hin. Aber er konnte nicht schlafen, wartete er doch auf das »No Surrender«. Nach einer Weile lugte er wieder hinaus, doch die Straße war menschenleer. Es rührte sich nichts, nur der Union Jack in Bobby Blairs Garten blähte sich behäbig.

Cecil durchquerte das Zimmer und stellte auf den Garderobentisch neben Dermot einen Suppenteller mit Kartoffelchips.

»Willst du hinaufgehen und ihn sehen?«

Dermot reckte das Kinn und sagte: »Ich möchte ihn lieber so in Erinnerung behalten, wie er war.«

»Wie du willst.«

Der Mann mit der großporigen Nase schüttelte ungläubig den Kopf.

»Er war mir ein guter Freund. Hat meinem Sohn den Job verschafft, den er gerade hat.«

»Schön für ihn.«

Ein zweiter Farmer tauchte seine großen Finger in den Teller und knabberte an einer Handvoll Chips. Er schluckte sie hinunter und sagte zu Dermot: »Woher kennst du den Verstorbenen?«

»Ich bin ein Nachbar. Von gegenüber.«

»Ach ja? Er war ein Pfundskerl. Ein wahrer Teufelskerl.« Er beugte sich zu Dermot und flüsterte: »Hör mal her! Hast du überhaupt eine Ahnung davon, wie er war? Irgendeine Ahnung?«

Dermot schüttelte den Kopf. Der Farmer mit der großporigen Nase sagte: »Als Mandela aus dem Knast kam, hat er geweint. Hältst du das für möglich? Ich war bei ihm – ich hab's gesehen. Richtig dicke Tränen sind ihm über die Backen gekullert. Sicher, er war betrunken, aber die Tränen waren echt. Ich war den ganzen Nachmittag über mit ihm im Pub. Es kam im Fernsehen, da brüllt er: Was für ein Recht haben die, schwarze Ärsche wie den aus dem Gefängnis zu entlassen, wo dieses Land von Scheiß IRA-Leuten nur so wimmelt?«

Er lachte – eine Art schleimiges Gackern –, und Dermot lächelte.

Die Anzeichen dafür, daß seine Mutter gehen wollte, mehrten sich. Sie saß aufrecht auf ihrem Stuhl, ihre Stimme wurde lauter, und sie erlaubte sich ein Lächeln. Sie knöpfte ihren Mantel zu und stand auf. Dermot spülte den Rest seines Stout hinunter und setzte sich in Bewegung, um gemeinsam mit ihr hinauszugehen. Witwe Blair hatte sich höflich erhoben.

»Möchten Sie hinaufgehen und ihn sehen, Mrs. McQuillan?« fragte sie.

»Das würde mich zu sehr mitnehmen«, sagte sie. »Es würde alte Erinnerungen in mir wachrufen.« Mrs. Blair nickte verständnisvoll. Cecil geleitete sie hinaus.

Wieder in ihrer eigenen Diele, hängte Mrs. McQuillan ihren Mantel auf und nahm eine Schürze vom Kleiderhaken.

»Die arme Frau«, sagte sie. »Haben sie dich auch gebeten, hinaufzugehen und ihn zu sehen?«

»Ja.«

»Bist du gegangen?« Ihre Hände wirbelten hinter ihren Rücken, und sie band sich die Schürzenbänder fest.

»Bist du verrückt? Weshalb sollte ich einen alten Säufer wie Blobby Bair aufgebahrt sehen wollen?«

Er ging ins Wohnzimmer und fing an, im Kaminfeuer herumzustochern. Ihr Haus und das der Blairs waren genauso geschnitten – Spiegelbilder ihrer selbst. Seine Mutter ging in die Küche und begann Kartoffeln zu schälen. An der Geschwindigkeit, mit der sie arbeitete, und an dem Geklapper, das sie veranstaltete, erkannte Dermot, daß etwas nicht stimmte. Eine weiße Kartoffel in den nassen Händen, kam sie zur Küchentür.

»Hättest du aber.«

»Hättest was?«

»Hinaufgehen sollen, um ihn zu sehen.«

»Bobby Blair?« Dermot ließ den Schürhaken auf die Kaminplatte fallen und warf mit der Zange Kohlen aufs Feuer.

»Dein Vater hätte es getan.«

»*Dich* haben sie auch gefragt, und du hast es nicht getan.«

»Bei einer Frau ist das was anderes.«

Sie wandte sich wieder der Spüle zu, ließ die Kartoffel in den Topf fallen und fing an, eine andere zu schälen. Sie rief ihm zu: »Außerdem habe ich gemeint, was ich gesagt habe – daß es alte Erinnerungen in mir wachrufen würde.«

Dermot schaltete das Transistorradio ein und fand Popmusik. Seine Mutter kam wieder zur Tür und trocknete ihre Hände an der Schürze ab.

»Die arme Frau«, sagte sie. »Es war schlimm genug, mit Bobby leben zu müssen.« Lange lehnte sie an den Türpfosten. Dermot sagte nichts und tat so, als höre er Radio. Sie schüttelte den Kopf und schnalzte mit der Zunge.

»Daß wir beide nicht raufgegangen sind...«

Als sie, mit den Gabeln klappernd und kratzend, zu Mittag aßen, sagte sie: »Es macht gar keinen guten Eindruck.«

»Was?«

»Daß wir beide nicht...«

Dermot zuckte die Achseln.

»Was können wir schon tun?«

Von ihrem Messer streifte sie ein Stück Kartoffel auf ihre Gabel und steckte es in den Mund.

»Du könntest noch einmal hinübergehen und ihr sagen...«

»Was?«

»Was immer du möchtest.«

»Es ist nicht zu fassen.«

Sie räumte die Teller weg und stellte sie ins Spülbecken. Er wusch das Geschirr ab, sie trocknete es.

»Deinem Vater zuliebe«, sagte sie. Dermot schleuderte den letzten Löffel auf das Abtropfbrett aus rostfreiem Stahl und trocknete sich die Hände am Geschirrtuch ab, das war etwas, das sie, wie er wußte, besonders verabscheute.

Er schlug die Haustür zu und blieb einen Augenblick stehen. Dann überquerte er mit zusammengebissenen Zähnen die Straße und klapperte am Briefkastenschlitz. Diesmal wurde ihm von einem Mann aufgemacht, den er nicht kannte. Dermot räusperte sich.

»Ich möchte Bobby sehen«, sagte er. Der Mann sah ihn an.

»Bobby ist tot.«

»Ich weiß.«

Der Mann trat zurück und führte ihn in die Diele. Die Farmer standen jetzt am Fuß der Treppe. Der mit der großporigen Nase saß auf der untersten Stufe und schwenkte den Whiskey in seinem Glas.

»Ah – da ist der Junge ja wieder«, sagte er. Der Mann ging als erster die Treppe hoch. Dermot versuchte, sich unter Entschuldigungen an dem sitzenden Farmer vorbeizudrücken. Er fühlte, wie eine Hand nach seinem Knöchel griff und daran zog, und beinahe wäre er gestürzt. Die Umklammerung war fest und schmerzhaft. Der Farmer lachte.

»Ich zieh dich doch nur – auf«, sagte er. Dann ließ er los. Es war, als hätte sich eine Fessel gelöst. Aus der Küche rief jemand: »Ein bißchen Ruhe da draußen.«

Der Sarg lag aufgebahrt im Schlafzimmer auf dem Bett, auf der weißen Frottierplüschdecke hinterließ er eine Vertiefung. Der Mann trat zurück, die Hände hatte er nicht gefaltet, vielmehr faßte er die eine Hand mit der anderen am Gelenk. Dermot dachte fieberhaft darüber nach, wie er sich verhalten sollte. In einem katholischen Haushalt wäre er niedergekniet, hätte sich bekreuzigt und so getan, als spreche er ein Gebet. Er hätte sich hinter seinen gefalteten Händen verstekken können. Jetzt starrte er nur – und wußte den Blick des Fremden in seinem Nacken. Das Gesicht des Toten hatte eine pilzige Farbe angenommen, seine Nasenlöcher waren breite schwarze Dreiecke unterschiedlicher Größe. »Fuck the Pope and No Surrender!« Dermot umfaßte mit der anderen Hand sein Handgelenk und senkte den Kopf. Unterhalb des Sargrandes lag, wie in einer teuren Schachtel Kekse, weißes geriffeltes Papier. Außer Bobbys totem Gesicht wurde alles andere fast vollständig von dem Papier verdeckt. Anstelle von Kerzen stand das Zimmer voller Blumen. Das einzige Licht fiel durch die zugezogenen Rouleaus.

Unten war das Klappern des Briefkastenschlitzes zu hören: Der Mann murmelte etwas und ging hinaus. Allein gelassen, näherte sich Dermot zögernd dem Sarg. Sein Vater war der einzige Tote gewesen, den er je gesehen hatte. Er schlug das geriffelte Papier zurück und spähte hinein. Bobby trug einen dunklen Anzug, ein weißes Hemd und Schlips. Wo die Aufschläge hätten sein sollen, hatte er die Schärpe des *Orange Order* umgebunden – er war in seinem Sonntagsstaat. Erst feingemacht, und dann kein Ausgang. Als Dermot aufblickte, sah er im Spiegel der Frisierkommode sein neugierig spähendes Widerbild. Er ließ das geriffelte Papier zurückgleiten. Auf der Treppe nahten Schritte.

Der Fremde führte zwei ältliche Frauen herein. Eine war Mavis Stewart, die andere arbeitete im Papierwarenladen. Mavis betrachtete den Leichnam, ihre Unterlippe zitterte, und sie begann zu weinen. Die Frauen verstellten Dermot die Tür. Der Frau liefen die Tränen übers Gesicht, und sie schniefte feucht. Die Frau aus dem Papierwarenladen stützte sie, und Mavis schmiegte sich an ihre Schulter. Andauernd wiederholte sie: »Bobby, Bobby – wer wird uns jetzt zum Lachen bringen?« Dermot schob sich am Bett entlang und blieb wartend stehen. Die Frauen beachteten ihn nicht. Mavis trocknete sich mit einem nach Lavendel duftenden Papiertaschentuch die Tränen.

»Ich habe noch keinen Mann gesehen, der so tanzen konnte. Der hat einem fast die Beine weggetanzt! Und als der Rock 'n' Roll kam, hat er's noch toller getrieben.« Dermot hüstelte in der Hoffnung, sie würden zurückweichen und ihn vorbeilassen.

»Und erst der Twist«, sagte die Frau aus dem Papierwarenladen. »Ich glaube, der Junge will hinaus.«

Mavis Stewart sagte: »Entschuldigung, mein Lieber«, und drückte sich dicht ans Bett, um ihn vorbeizulassen. Dermot nickte dem Fremden neben dem Kleiderschrank zu.

»Ich gehe jetzt.«

»Ich bring dich zur Tür.« Der Fremde ging mit ihm nach unten und hielt ihm die Haustür auf. Dermot zögerte.

»Vielleicht sollte ich noch Mrs. Blair Guten Tag sagen. Damit sie weiß, daß ich oben war. Bobby gesehen habe.«

Er klopfte an die Wohnzimmertür.

»Ja? Herein.«

Er machte die Tür auf. Mrs. Blair saß immer noch am Kamin. Um sie herum saßen die drei Farmer. Dermot sagte: »Ich war gerade oben und hab Mr. Blair gesehen.«

»Sehr gut, mein Junge. Das ist nett von dir.« Dann sank ihr Gesicht, und sie begann zu weinen. Der Farmer mit der großporigen Nase legte ihr eine Hand auf den Arm und tätschelte sie. Dermot wollte ihr zuwinken, konnte seinen Arm aber eben noch beherrschen. Er bewegte sich rückwärts in die Diele, als der junge Cecil aus der Küche auftauchte. Er war es, der Dermot zur Tür brachte.

»Danke, daß du gekommen bist«, sagte er. »Daß du wiedergekommen bist.«

Im Bett

Der Summer ertönte lange und laut – ein Schnarren, das sie aufschreckte, obwohl sie ständig damit zu rechnen hatte; vielleicht *weil* sie ständig damit zu rechnen hatte. Um die Seite nicht zu verschlagen, legte sie ihr Buch mit dem Rücken nach oben auf den Teppich und ging durch die Diele zum Schlafzimmer ihrer Tochter – mit raschen Schritten, denn der anhaltende Summton klang dringlich. Das Mädchen kauerte auf dem Bett, das schreckerfüllte Gesicht der Tür zugewandt.

»Mum, noch einer«, sagte sie und deutete auf ihre Hand, die sie fest gegen das Kissen preßte.

»Immer langsam. Beruhige dich.« Ihre Mutter eilte aus dem Schlafzimmer und kam mit einem großen leeren Glas aus der Küche zurück.

»Wie kann ich mich beruhigen, wenn ich so etwas im Bett habe? Vielleicht vermehrt er sich, legt Eier.«

»Warte.«

»Dad nimmt immer ein Stück Seife. Laß ihn bloß nicht entwischen.« Das Gesicht des Mädchens war ängstlich und viel weißer als gewöhnlich. Sie trug eine Schlafanzughose und ein Fußballshirt mit roten und weißen Ringen. »Wie ich sie hasse – wie ich sie hasse.« Ihre Stimme zitterte. Mit dem umgedrehten Glas näherte sich ihre Mutter dem Kissen.

»Sachte – heb die Hand.«

Das Mädchen zog die Hand weg. Der schwarze Fleck verschwand – erst war er da, dann plötzlich fort –, bevor sie das Glas nach unten pressen konnte. Das Mädchen kreischte auf.

»Er hat einen Satz gemacht.«

»Verflixt aber auch.«

Das Mädchen hielt sich die Haare aus dem Gesicht und starrte auf das Bettuch.

»Er ist weg – er ist entwischt.«

»Ach je...«

»Oh, wie ich sie hasse, richtig hasse.« Das Mädchen war den Tränen nahe. Es schauderte sie. »Ich fühle mich dabei so... schmutzig.« Ihre Mutter beugte sich vor und besah sich eingehend das weiße Laken. Sie zog es etwas näher an sich heran, um eine Falte zu glätten.

»Halt still«, flüsterte sie. Das Mädchen gab einen Schreckenslaut von sich.

»Wo? Wo ist er?«

Ihre Mutter hob das Glas und preßte es rasch auf das Laken.

»Hab dich.«

Das Mädchen lehnte sich vor und spähte hinein. Als sie den schwarzen Fleck sah, verzog sie vor Abscheu die Lippen.

»Igitt.« Wieder machte er einen Satz, und sie quiekte, obwohl er aus dem Glas nicht herauskonnte. »Nie wieder werde ich die Katze zu mir hereinlassen. Wie ich es hasse.«

»Nimm mal«, sagte ihre Mutter. »Drück's fest nach unten. Laß ihn nicht heraus.«

Sie ging aus dem Schlafzimmer, und ihre Tochter hörte, wie sie eine Schüssel mit Wasser füllte. Sie preßte das Glas ins Kissen, bis ihr der Arm wehtat. Der Rand des Glases grub sich in das Laken und ließ es in der Mitte wie ein Nadelkissen anschwellen. Der Floh verschwand.

»Oh nein. Mum!« Sie hielt das Gesicht nahe dran. Der schwarze Fleck tauchte wieder auf. Ihre Mutter kam zurück, das Gewicht in der Plastikschüssel zwang sie zu kurzen Schritten. Ein bißchen von dem Wasser schwappte über den Rand und bildete auf dem Teppich Tröpfchen.

»Hier«, sagte sie. »Laß mich nur machen.« Sie setzte die Schüssel auf den Boden und sah sich um. Sie nahm eine Karte mit Genesungswünschen vom Kaminsims und bog sie um, so daß die einfache weiße Innenseite sichtbar wurde. Ihr Tochter ließ das Glas los, und indem sie das Glas selbst nach unten drückte, begann die Mutter die Karte unterzuschieben.

»Laß ihn bloß nicht entwischen«, sagte das Mädchen. Mit beiden Händen hielt sie sich die Haare aus dem Gesicht. Der schwarze Fleck warf sich gegen das Dach des Glases.

»Immer sachte.« Ihre Mutter schob die Karte weiter durch bis zur anderen Seite. Dann hob sie das Ganze auf und zeigte es dem Mädchen. Der gefangene Fleck rührte sich nicht.

»Sie sind so dünn«, meinte die Tochter. »Eindimensional.«

»Zweidimensional – auf diese Weise können sie sich im Pelz des Tieres bewegen.« Ihre Mutter hockte sich neben die Schüssel und hielt das Glas über das Wasser. »Ich komme mir vor wie eine Priesterin, eine Zauberin oder so etwas ähnliches. Ein neuer Ritus. Die Freisetzung des Flohs. Dädädädä!« Sie senkte die Karte ein Stück weit ins Wasser, dann zog sie sie heraus und ließ den Floh auf dem Wasser treiben. Beide betrachteten sie ihn aus nächster Nähe.

»Schau dir die Beine an – wie lang sie sind«, sagte das Mädchen und lehnte sich über die Bettkante. Ihre Mutter nickte.

»Deswegen können sie über den Eiffelturm springen.«

Der Floh hatte panische Angst, er kreiste auf der Wasseroberfläche, wobei er rückwärts schwamm. Japsend ließ sich das Mädchen wieder auf sein Kissen fallen.

»O Gott«, sagte sie.

»Was?«

»Das hat mich richtig müde gemacht.«

»Ruh dich eine Weile aus.« Das Mädchen nickte. Inzwischen war sie kreideweiß.

»Du hast mir meine Karte verhunzt«, sagte sie. »Jetzt sieht sie ganz weinerlich aus.« Von dem Wasser war die Tinte verlaufen. Ihre Mutter patschte sie auf dem Teppich trocken.

»Die ist doch schon alt«, sagte sie.

»Ich möchte sie aber alle behalten. Laß sehen.« Ihre Mutter klappte die Karte zu und reichte sie ihr. Die Abbildung zeigte einen Menschen, der, von Kopf bis Fuß bandagiert, im Bett lag. »Ach, die ist ja wirklich uralt – mindestens zwei Jahre. Von Johnny.« Ihre Stimme hatte alle Kraft verloren.

Ihre Mutter kauerte noch immer vornübergebeugt und besah sich den Floh.

»Er schwimmt gar nicht«, sagte sie. »Oberflächenspannung. Er treibt in einer Art Delle auf der Wasserfläche dahin.« Sie sah zu ihrer Tochter auf, aber das Mädchen regte sich nicht. Sie lag einfach da, die Karte in der Hand, und hatte die Augen geschlossen. Sie hörte sie durch die Nase atmen.

Mit dem Finger versenkte sie den Floh auf den Grund der Schüssel, stand auf und ging auf Zehenspitzen hinaus.

Etwa eine Stunde später schnarrte der Summer von neuem, und die Mutter ging hinein.

»Kann ich jetzt meinen Tee haben?«

»Etwas zu essen?«

»Eine Scheibe Toast – ohne Marmelade.«

Als sie den Imbiß zubereitet hatte, trug sie das Tablett hinein und setzte es auf der Kommode ab. Sie brachte ihre Tochter in eine sitzende Stellung und stopfte ihr ein großes Stützkissen in den Rücken, dann plazierte sie das Tablett auf ihren Knien.

»Möchtest du, daß ich bleibe?«

Das Mädchen zuckte die Achsel. »Wie du willst.« Der Wind rüttelte an den Fenstern, gegen die Scheiben trommelte der Regen. Ihre Mutter setzte sich auf einen Stuhl ans Bett.

»Ein furchtbarer Abend.«

Das Mädchen nickte und trank schlückchenweise von ihrem Tee. Im Luftzug drehte sich ihr Mobile. Vor einem Jahr, als sie wieder etwas zu Kräften gekommen war, hatte sie in dem abgedunkelten Zimmer auf der Seite gelegen und mit Hilfe ihres Vaters aus Papiermaché ein Modell der Sonne gebastelt. Sie war damit zufrieden. In den folgenden Monaten hatte sie dann die Erde und den Mond gemacht. Als alle vollendet waren, hatte sie gesagt: »Und im siebenten Monat ruhte sie.« Jetzt hingen die Himmelskörper über ihrem Bett an Fäden von der Decke herab. »Gib mir etwas, das ich angucken kann«, hatte sie gesagt. »Wie ein Baby im Kinderwagen.« Die Erde war wirklichkeitsgetreu, mit blauen Ozeanen und braungefärbtem Land, aber Sonne und Mond hatten Gesichter. Von der gelben Sonne gingen zakkenförmige Strahlen aus, und das graue Mondgesicht war zur Hälfte von einem schwarzen Schatten bedeckt.

»Wie geht's unserem Freund?« fragte ihre Mutter. Sie schaute zu der Schüssel, die immer noch auf dem Boden stand.

»Wie kann sich etwas so fortbewegen? Er schleudert sich einfach irgendwohin. Weiß nicht, ob er im Feuer landet – in meinem Tee oder sonstwo.«

»Ein Sprung ins Ungewisse«, sagte ihre Mutter lächelnd.

»Was für ein Leben.« Sie biß in ihre Toastschnitte. »Na ja, jetzt ist es aus und vorbei.«

»So...« Ihre Mutter lehnte sich auf dem Stuhl zurück und

verschränkte die Hände hinter dem Kopf. Dem ruhigen Tonfall ihrer Stimme entnahm das Mädchen sofort, was sie sagen wollte.

»Diesen Monat ging's schon besser... Weniger schlecht.«

»Ich mag nicht darüber reden.«

Das Mädchen kaute an ihrem Toast – dann lehnte sie sich vor, um einen Schluck Tee zu trinken. Sie trank ihn immer heiß, mit sehr wenig Milch.

»Verglichen mit letztem Jahr um diese Zeit«, sagte die Mutter.

Das Mädchen war wieder den Tränen nahe, so daß die Mutter verstummte. Ihre Tochter rieb sich die Augen, dann stierte sie, immer noch kauend, vor sich hin.

»Wo ist Dad?«

»Er ist mit deiner kleinen Schwester ins Kino gegangen. Um mal rauszukommen.«

»In welchen Film denn?«

»Irgend etwas im Odeon. Mit Matt Dillon.«

»Der ist fabelhaft.«

Die Sonne schaukelte fast unmerklich hin und her. Die Erde drehte sich langsam dem Mond entgegen.

»Jedesmal, wenn wir daheim einen Floh hatten«, sagte ihre Mutter, »wurde dem Kino die Schuld zugeschoben. Ich kriegte davon immer Beulen, und Mum sagte: ›Wann warst du zuletzt im Kino?‹ Die Möglichkeit, daß man sich den Floh in der Kirche geholt hatte, gab es nicht.«

»Oder in der Schule.« Sie hob das Tablett von den Knien und hielt es der Mutter hin. »Ich bin zu müde. Ich muß mich hinlegen.« Sie schleuderte ihr Stützkissen zu Boden und ließ sich flach aufs Bett zurückfallen. Ihre Mutter stellte das Tablett auf der Kommode ab und setzte sich wieder auf den Stuhl.

Sie sagte: »Beruhige dich.«

Gleich darauf beugte sich das Mädchen vor und spähte in die Schüssel auf dem Fußboden.

»Wo ist er?«

»Er ist noch da. Nur keine Angst.«

»Gib mir mal den Rückenkratzer.«

Ihre Mutter reichte ihn ihr. Es war ein Stock mit einer kleinen nachgeahmten Hand am Ende, deren Finger hochgebogen waren. Das Mädchen tunkte ihn ins Wasser und versuchte, den Floh zwischen den Plastikknöcheln und dem Boden der Schüssel zu zerquetschen.

»Liebling...« Wieder dieser ruhige Tonfall.

»Reden ändert daran auch nichts.«

»Es gibt dir einen Lebenszweck. Ziele. Etwas, wonach du streben kannst.«

Das Mädchen hatte die Plastikhand umgedreht und versuchte jetzt, den Floh mit dem Handteller herauszuschöpfen. Jedesmal, wenn sie die Hand an die Oberfläche holte, glitt der Floh seitlich ins Wasser.

»Was soll's?«

»Du bist krank. Du bist einundzwanzig Jahre alt. Du hast Fortschritte gemacht. Eines Tages wird es dir besser gehen. Wir müssen uns darauf vorbereiten. Danach trachten.«

»Hach.« Sie verdrehte die Augen und blickte statt auf die Mutter auf die Kugeln aus Papiermaché über ihr. »Fortschritte gemacht.« Ihr Augen füllten sich mit Tränen. Dann schlug sie mit dem Rückenkratzer platschend auf das Wasser, so daß es auf den Teppich schwappte. Sie vergrub das Gesicht in ihrem Arm. Halb schrie sie, halb weinte sie Wörter – siehst du, was du mit deinem Gerede anrichtest, versuchte sie zu sagen. Ihre Mutter setzte sich zu ihr aufs Bett und legte ihr den Arm um die Schulter. Das Mädchen bebte und schrie etwas in ihr Haar, in ihre Armbeuge, in das zerwühlte Bettzeug. Ihre Worte waren tränenfeucht und verzerrt.

»Nicht doch, nicht doch«, sagte ihre Mutter. »Ich würde nicht im Traum daran denken, dir die Schuld zu geben. Ich sage nur, daß du letztes Jahr um diese Zeit – nein, vor zwei Jahren – nicht einmal allein ins Bad gehen konntest...« Die Mutter umklammerte die Schulter ihrer Tochter. Unter dem Stoff des Fußballshirts fühlte sie sich spitz an vor Magerkeit. Endlich hörte das Mädchen auf zu weinen. Ihre Mutter ging ins Badezimmer, befeuchtete einen Waschlappen mit heißem Wasser und brachte ihn ihr.

»Weinen hilft nichts«, sagte das Mädchen. »Nichts hilft.« Der Waschlappen dampfte, als sie ihn auseinanderschlug. Ihre Mutter massierte ihr das Gesicht. »Um wieviel Uhr kommt Dad zurück?«

»Um zehn? Halb elf?«

Das Mädchen beugte sich aus dem Bett, hob den Rückenkratzer auf und begann damit in der Schüssel zu rühren.

»Verrate ihm nicht, daß ich geweint habe, ja?

»In Ordnung.«

Sie zog die Plastikhand heraus, und diesmal klebte auf dem Handrücken der Floh. Sie hielt ihn sich nahe vors

Gesicht, um ihn zu untersuchen. Dabei warf sie die Lippen auf. Plötzlich machte er einen Satz.

»Er lebt«, schrie sie.

»Das ist ja nicht zu glauben. Das kann nicht sein.«

»Tut er aber.«

»Allmächtiger Gott.«

Beide Frauen quiekten und lachten vor lauter Schreck.

»Der Floh sprang über den Mond«, sagte das Mädchen und lachte immer weiter. Mit zuckenden Schultern, die Hand über dem Mund, legte sie sich auf ihre Kissen zurück. Ihre Mutter lächelte und strich die Bettdecke glatt. Sie beugte sich vor und betrachtete sie, die Augen nur wenige Zentimeter von ihr entfernt.

»Also gut«, sagte sie »fangen wir wieder von vorne an.« Die Mutter suchte jeden erkennbaren Zentimeter der Decke ab, konnte aber nichts sehen. »Keine Bange – den finden wir, bevor er dich findet. Es ist nur eine Frage der Zeit.« Sie streckte den Arm aus und berührte mit angefeuchtetem Zeigefinger jedes Pünktchen.

»Nein.«

Jedes schwarzes Stäubchen.

»Nein.«

Jedes Krümchen.

»Bestimmt nicht.«

Mit geschlossenen Augen lauschte das Mädchen der Stimme seiner Mutter.

Ein ausländischer Würdenträger

Von meinem Fenster im Gasthof ging der Blick auf einen kleinen Hofgarten, in dem alles gleichzeitig in Blüte zu stehen schien. Der Eindruck war wirklich zauberhaft. Ich sah einem Gärtner dabei zu, wie er sich zwischen den Pflanzen zum Jäten bückte, gelegentlich auch um sie zu begießen. Wie jeder hier trug er einen lederfarbenen Bauernkittel. Er hatte eine Tüte mit kastanienbraunem Pulver bei sich, das er mit einer Kelle dem Humus um die Wurzeln der bunteren Pflanzenarten untermischte. Es sah aus wie der Dünger aus getrocknetem Blut, den ich daheim in meinem Garten verwende.

Der Mann hob den Kopf, und als er bemerkte, daß ich ihm zusah, lächelte er mich an, wobei er Zahnlücken entblößte. Weil ich nicht unnahbar erscheinen wollte, nickte ich ihm zu und schwankte ein wenig, als ich vom Fenster zurücktrat. Ich war gewarnt worden, daß man in dieser hochgelegenen Gegend erst eine Eingewöhnungsperiode durchmachen muß, daher setzte ich mich auf einen Korbstuhl, bis mein Schwindelgefühl abgeklungen war.

Wenn ich so von zu Hause fort bin, schreibe ich mindestens einmal in der Woche einen Brief an meine Frau, manchmal, wenn die Zeit mir lang wird, auch zwei. Daß diese Briefe sie erst Monate später, zuweilen sogar erst nach meiner Rückkehr erreichen, ist für mich weniger wichtig. Nach dem Geplapper in fremden Sprachen und Dialekten, das den ganzen Tag vorhält, stelle ich in der Stille meines Zimmers eine Art Verbindung mit ihr her. In gewisser Hinsicht ist dies eine dem Gebet verwandte Tätigkeit, und auch wenn ich auf Antwort nicht hoffen darf, erkundige ich mich doch nach unserer Tochter. Elgiva ist eine junge Frau und leidet an einer Hautkrankheit, die sie von aller Gesellschaft fernhält, ausgenommen der ihrer engsten Freundinnen. Ihr Leiden kommt und geht ohne jeden ersichtlichen Grund. Im Gesicht und um den Hals entflammt ihre Haut zu einer trockenen, zornigen Röte, zu einem Farbfleck, dessen Rand so unregelmäßig verläuft wie ein Küstenstrich. Ihre Augen sind blutunterlaufen und entzündet. Obwohl sie behauptet, ihr Leiden sei nicht schmerzhaft, löst der Anblick bei anderen Mitleid aus. Nach ihrem letzten Anfall haben meine Frau und ich beschlossen, daß es das beste wäre, sämtliche Spiegel aus Elgivas Zimmer zu entfernen.

Beim Abendessen im Gasthof leistete mir der Gefängnisdirektor Gesellschaft. Er war ein kleiner Mann mit Gesichtszügen, wie sie für die Gegend typisch sind – eine große Hakennase, olivfarbene Haut, ein unrasiertes Aussehen. Meine Sprache beherrschte er beinahe fehlerfrei. Wie alle anderen auch trug er den lederfarbenen Bauernkittel. Der einzige Unterschied war, daß er auf der Brust eine Art Schaumünze baumeln hatte.

Er kommentierte jeden Gang, der aufgetragen wurde, und schien besonders stolz auf ein Seefischgericht. Für jemanden, der aus meiner Gegend kommt, ist das nichts Bemerkenswertes, bis ich mich darauf besann, daß wir Tausende Kilometer von der nächsten Küste entfernt waren. Und das Verkehrswesen, wie ich zu meinem Schaden herausgefunden hatte, war erbärmlich schlecht. Die Unannehmlichkeiten, die ich bei meiner Anreise zu ertragen hatte, kann ich gar nicht beschreiben.

Wir saßen in einem Alkoven etwas abseits von den anderen Gästen, die speisten und tranken. Der Direktor wies mich auf verschiedene in der Gemeinschaft hochangesehene Männer hin, doch in meinen Augen sahen sie alle gleich aus.

»Es ist ein sehr beliebtes Lokal«, sagte er. »Um so mehr, wenn sie wissen, daß ein ausländischer Würdenträger da ist. Sie sind neugierig, Sie zu sehen.«

»Von wegen Würdenträger! Ich bin Staatsbeamter – gehe nur meiner Arbeit nach.«

»Ein hochrangiger Staatsbeamter.«

»Nichtsdestoweniger einer, der die Anweisungen anderer ausführt.«

Der Gefängnisdirektor lehnte sich zu mir und flüsterte: »Es bedeutet auch, daß es Unterhaltung geben wird.«

Während wir unsere Nachspeise verzehrten, spielte eine kleine Musikkapelle auf. Die Musik klang dünn und, in meinen Ohren, ziemlich blechern, doch als sie zu Ende gespielt hatten, spendete ich lauten Beifall.

Erst als ein junges Mädchen auf die Fläche zwischen den Tischen hinaustrat, merkte ich, daß sie die einzige Vertreterin ihres Geschlechts in diesem Lokal war. Sie begann zu der Musik zu tanzen, und wieder beugte sich der Direktor zu mir.

»Das ist für Sie.«

Sie war sehr jung, den Kinderschuhen noch nicht lange entwachsen, und in eine Art langes, weißes Trachtenkleid gehüllt. Der Tanz bestand vor allem aus einem Schlängeln der Arme und einem Kreisen der Hüften – die Beine bewegte sie kaum. Während sie tanzte, hielt sie – was ich sehr verführerisch fand – den Blick auf den Boden gesenkt, nur wenige Zentimeter von meinem Sitzplatz entfernt. Gegen Ende des Tanzes veränderte sich dessen Charakter, und das Mädchen blieb reglos, mit weit gespreizten Beinen, stehen und begann sein Kleid Fingerbreit um Fingerbreit zu lüpfen. Die Schienbeine hoch, die Knie hoch, die Schenkel, bis es seine winzigen dunklen Schamhaare und sein Gesäß entblößt hatte. Die Männer klatschten und schlugen auf die Tische. Das Mädchen ließ sein Kleid wieder herabfallen und verbeugte sich vor mir, dann machte es kehrt und ging davon. Alle sahen zu mir her. Der Direktor sagte: »Wenn Sie möchten, gehört sie den Rest der Nacht Ihnen.«

»Nein, wirklich nicht. Ihr Anerbieten ist sehr gütig, aber ich bin verheiratet. Und wie Sie wissen, ist dergleichen in unserer Kultur untersagt.«

Der Direktor hob eine Augenbraue und zuckte mit den Achseln, als ob er mir nicht recht glaube.

»Falls Sie Angst vor ansteckenden Krankheiten haben, kann ich Ihnen versichern, daß sie Jungfrau ist.«

»Nein, wirklich nicht. Danke.«

Ich erbot mich, dem Mädchen etwas Geld zu zahlen, damit sie von meiner Weigerung nicht enttäuscht sein würde, doch der Direktor wollte davon nichts wissen. Er sagte, sie sei schon reich belohnt worden.

Ich verbrachte eine unruhige Nacht, in der ich nur sporadisch schlief. Ich wälzte mich hin und her und dachte zwanghaft an die Sinnenfreuden, die ich mit der kindlichen Tänzerin hätte genießen können. Ich wußte, daß ich es mir als Vertreter meiner Regierung nicht leisten konnte, das Angebot anzunehmen, doch das Kind war so reizend gewesen. Visionen ihrer kleinen, runden Backen, ihres bißchen Haars unter dem blassen Bauch hielten mich wach, bis allmählich der Morgen das Zimmer erhellte.

Als ich beim Frühstück saß, wurde mir eine Nachricht des Direktors zugestellt, daß er mich vor Mittag treffen werde. Ich amüsierte mich über die Mischung aus Förmlichkeit und Lässigkeit unter den Leuten. Als der Direktor eintraf, verbeugte er sich steif, entschuldigte sich jedoch dafür, daß wir zu Fuß zum Gefängnis gehen mußten. Jemand hatte versäumt, ein Fahrzeug bereitzustellen. Ich sammelte meine Hefte und Papiere ein, und gemeinsam brachen wir auf. Der Gefängnisdirektor bestand darauf, mir beim Gehen meine Aktentasche zu tragen.

»Ich hoffe, Sie hatten eine angenehme Nachtruhe«, sagte er.

»Ja, danke.«

Die Gehsteige waren in schlechtem Zustand, die Straßen ausgefahren und voller Schlaglöcher. An den Straßenecken saßen viele Menschen und bettelten, doch als sie den Mann mit der Schaumünze kommen sahen, streckten sie uns ihre Hände nicht entgegen. Sie sahen ausgezehrt aus, so daß es den Anschein hatte, als wären ihre Augen größer geworden. Während wir vorbeigingen, drehten sich die Köpfe langsam nach uns um.

»Ihre Regierung zeigt großes Interesse an unserem System«, sagte der Direktor.

»So ist es. Ihre Kriminalstatistik ist wirklich bemerkenswert.«

»Die einzigen wirklichen Verbrechen sind politischer Natur. Alles andere ist...« Er stockte einen Augenblick und suchte nach dem richtigen Wort. »...läßlich? Mindere Delikte, die man vergessen kann. Der Mann, der eine Kuh stiehlt, muß sie oder ihren Geldeswert zurückzahlen; der Mörder handelt meist im Affekt, und wir verzeihen ihm, vorausgesetzt, er leistet einen Beitrag für die Familie der geschädigten Partei. Morgen nehmen ich Sie mit zum Gericht, und Sie werden unsere Justiz in Aktion sehen.«

»Ich freue mich sehr darauf.«

Wir kamen in eine bessere Gegend. Goldregensträucher mit ihren zierlich herabhängenden Blütentrauben säumten die Straßen; durch einen breiten Torweg gelangten wir in einen Garten mit offenem Blick und von dort zu einem gedeckten Säulengang.

»Mich interessiert die Theorie der Freiheitsstrafe«, sagte der Direktor. »Sie können strafen, bessern oder schützen.

Das sind die Alternativen. Ersteres ist wirklich nicht notwendig – Bestrafung ist etwas sehr Altmodisches. Über eine so kindische Reaktion sollte der Staat hinaussein. Obwohl ich der gleichen Meinung bin wie einer Ihrer berühmten Schriftsteller: ›Die Macht der Strafe besteht darin, zum Schweigen zu bringen, nicht zu widerlegen.‹«

Ich konnte das Zitat nicht einordnen, und so erlaubte ich ihm fortzufahren.

»Und was die Besserung angeht, so können die Räte des Gerichts die meisten Leute davon abbringen, weitere Verbrechen zu begehen. Ihre Gefängnisse sind, glaube ich, überfüllt mit kleinen Kriminellen, die sich niemals ändern. All das ist eine große Belastung der Staatsfinanzen.«

»Aber was ist, wenn sie rückfällig werden?«

»Zuallerletzt drohen wir mit Freiheitsstrafe. Das ist ein großes Abschreckungsmittel.«

Ich geriet etwas außer Atem und nahm an, daß es die Wirkung der Höhenluft war. Ich versuchte, mir mein Schnaufen nicht anmerken zu lassen, und fragte: »Wie weit ist es noch bis zum Gefängnis?«

»Hier ist es«, sagte er. »Wir sind schon da.«

Ich sah mich um. Wie ich so den niedrigen Säulengang entlangging, erinnerte mich der Ort eher an ein Kloster als an sonst etwas. Es gab zwei Gärtner, der eine harkte das Gras, das er eben gemäht hatte, der andere machte sich mit einer Hacke an den Blumenbeeten zu schaffen.

»Keine Mauern? Nicht einmal ein Tor?«

Der Direktor lächelte.

»Nein.« Er schien über meine Ungläubigkeit hinwegzugehen, denn er fuhr fort: »Die einzige Verbrecherkategorie, die unserer Erfahrung nach NICHT besserungswillig ist, ist die des politischen Tiers – der Revolutionär. Er ist ein Eiferer, der...«, und wieder schien er nach einem Wort zu suchen, »...unbelehrbar ist, dessen alleiniges Ziel darin besteht, das ganze System zu stürzen, und logischerweise muß sich das System vor ihm mehr als vor jedem anderen schützen.«

Unsere scharrenden Schritte hallten von den Bögen des Säulengangs wider, die unmittelbar über unseren Köpfen zusammenliefen. Ein schwaches Flüstern oder Schlurfen drang an mein Ohr, doch wollte ich nicht unhöflich sein und so erscheinen, als wäre ich von den Ausführungen meines Kollegen abgelenkt.

»Wenn ein Baum von einer Krankheit befallen würde, wo würden Sie ihm den größten Schutz angedeihen lassen? An den Ästen, der Rinde oder den Wurzeln?

»An den Wurzeln natürlich.«

»Genau. Dann sind wir ja der gleichen Überzeugung.«

Ein süßer Duft wie von der Levkoje, die daheim in meinem Garten wächst, wehte uns zwischen den Säulen entgegen, doch war ihm, wie ein Baßton, ein anderer, weniger angenehmer Geruch beigemengt, den ich nicht einordnen konnte. Das Schlurfen oder Flüstern wurde vernehmlicher, und dann hörte ich deutlich eine Stimme in einer Sprache sprechen, die ich nicht verstand. Ich drehte mich um, konnte aber niemanden sehen. In einer flachen Gosse hinter mir sah ich etwas, das sich ausnahm wie ein Stück menschlicher Exkremente.

Im rechten Winkel bogen wir in einen weiteren Säulengang.

»Ihre Regierung«, sagte der Direktor, »interessiert sich am meisten für die Kosten.«

»So ist es.«

»In unserer Regierung gibt es eine Gnadenbehörde, die die Wiedereinführung der Todesstrafe für politische Verbrechen wünscht. Aber ich stimme damit nicht überein. Was wir hier haben, ist größtmögliche Abschreckung, gepaart mit größtmöglichem Schutz bei einem Minimum an Kosten. Vier Männer können das ganze Gefängnis führen« – er lächelte – »und haben noch Zeit zur Gartenarbeit.«

»Dann sind diese beiden Männer keine Gefangenen?«

»Nein, die Gefangenen sind hier.« Er deutete nach rechts. Ich sah hin, und erst da bemerkte ich die senkrechten Träger, die ich bis dahin für einen Teil des Säulengangs gehalten hatte. Sie hatten die Form hoher Besenschränke.

»Hier drin?« fragte ich. Der Direktor nickte. Ich trat vor, und als ich mit dem Knöchel anpochte, stellte ich fest, daß sie aus Metall waren.

»Eisen«, sagte der Direktor. »So behandelt, daß es nicht rostet.«

Ich starrte auf die kahle Wand des Behälters, dann untersuchte ich die Seite, die mir am nächsten war.

»Zugelötet«, sagte der Direktor, »und am Stein festgeschraubt. Deswegen können wir es uns leisten, das Gefängnis mit nur vier Aufsehern zu führen.«

»Aber wie werden sie verköstigt?«

»Die Aufseher oder die Gefangenen?«

Der Direktor lächelte.

»Die Gefangenen.«

»Jeder Behälter hat hier oben ein Loch fürs Essen.« Der Direktor wies auf die Seite, die am weitesten von mir entfernt war. Ich blickte zu der angegebenen Stelle und sah etwa einen Meter fünfzig über dem Erdboden eine kleine viereckige Öffnung. Im Dunkel dahinter rührte sich etwas. Ein Gesicht stierte mich an. Ob es das Gesicht eines Pferdes oder eines Menschen war, konnte ich nicht unterscheiden. Das einzige, was ich bewußt aufnahm, war das Weiße eines Auges. Der Direktor zeigte auf den Boden und sagte: »Und unten ein Loch für die Ausscheidungen.«

»Bemerkenswert. Wirklich bemerkenswert.«

Um eine weitere Ecke bogen wir in einen ähnlichen Säulengang ein, dessen flache Steinplatten feucht glänzten. Ein Mann hantierte mit einem langen, ineinandergesteckten Bambusstock, dessen offenem Ende Wasser entströmte. Er führte das Rohr in das obere Loch eines jeden Behälters und spülte ihn auf diese Weise aus. Aus dem Loch in Höhe des Erdbodens schoß Schmutzwasser heraus und floß die Rinne entlang in einen Rost. Es folgte ein anderer Mann mit einem Korb, der das Essen austeilte – es sah aus wie harte, dunkle Reisbällchen.

Wir mochten ihn bei dieser Arbeit nicht stören, und so bogen wir um die nächste Ecke. Mir fiel auf, daß die Behälter hier viel kleiner waren, und ich teilte meine Beobachtung dem Direktor mit.

»Politische Verbrechen liegen in der Familie«, sagte er. »In extremeren Fällen finden wir es notwendig, die ganze

Sippschaft einzusperren. Womöglich hat der Vater die Saat des Aufruhrs schon zu tief gepflanzt, als daß wir sie ausreißen könnten.«

Ich fragte, ob ich Maß nehmen dürfe, und der Direktor erklärte sich einverstanden. Ich holte mein Meßband hervor und ging auf den nächsten Behälter zu.

»Das ist ein Mädchen«, sagte der Direktor. Er deutete auf eine Markierung im Metall. In mir erwachte die Neugier, wer wohl darin hauste. Während ich den Behälter ausmaß, hörte ich drinnen ein leises Schlurfen. »Sie ist erst seit Jahresbeginn hier.« Als ich die obere Öffnung vermaß, erblickte ich ihr Gesicht. Ihr wirres Haar erinnerte mich an das Mädchens, das man in der vergangenen Nacht für mich hatte tanzen lassen. Sie könnten jedenfalls Schwestern sein.

»Wenn Frauen politische Verbrechen verüben«, sagte der Direktor, »sind sie hundertmal bösartiger als Männer.«

Da drehte sich die Gefangene zu mir um und tat etwas wirklich Bemerkenswertes. Sie spuckte. Ich wich zurück, doch traf mich der Speichel am Kragenstoff, und auf der Suche nach einem Taschentuch ließ ich das Meßband fallen. Der Direktor entschuldigte sich überschwenglich, schritt zur Ecke und rief einen seiner Männer herbei. Da ich wußte, was sich auf dem Boden finden würde, hob ich das Band mit meinem Taschentuch auf, wickelte alles zusammen und steckte es in meine Hosentasche.

Der Direktor kam mit dem Aufseher zurück, der das Gras gemäht hatte, doch trug dieser jetzt einen großen Vorschlaghammer. Der Direktor wies auf den Behälter des Mädchens.

»Entschuldigen Sie«, sagte er. Der Mann hob den Hammer, schwang ihn über die Schulter und schlug mit aller Kraft gegen das Metall. Es machte einen höllischen Lärm, wie von der größten ungehärteten Glocke, die ich je gehört habe. Für uns, die wir im eng umgrenzten Raum der Kolonnade standen, war er ohrenbetäubend. Wie er auf das Geschöpf drinnen wirkte, wage ich mir nicht auszumalen.

»Gehen wir weiter«, sagte der Direktor, und wir machten kehrt, gingen davon und ließen den Mann, der wieder und wieder seinen Hammer schwang, zurück. Während wir durch die Gartenanlage wieder zum Gasthof liefen, verfolgte uns der Klang mit monotoner Regelmäßigkeit.

Nach dem Mittagessen im Gasthof entschuldigte ich mich mit der Begründung, ich müsse meine Beobachtungen und Aufzeichnungen ins reine schreiben. In Wahrheit wollte ich ein Nickerchen machen, weil ich in der vergangenen Nacht so schlecht geschlafen hatte.

In der Stille meines Schlafzimmers konnte ich noch immer schwach das unaufhörliche Gongen des Vorschlaghammers hören. Es schoß mir durch den Sinn, daß der Mann, der ihn schwang, den Punkt der Erschöpfung erreicht haben mußte, und ich überlegte, ob ihn wohl jemand abgelöst hatte.

Wegen des Lärms konnte ich wieder nicht schlafen. Stattdessen fing ich einen Brief nach Hause an.

Entschädigungen

Ben, der jüngere Sohn, trug die Fußballergebnisse, die von einer Stimme im Radio angesagt wurden, auf der Sportseite ein. Sein Bruder Tony saß da und hielt das Ohr dicht an den Lautsprecher. Der Großvater der Jungen las in den restlichen Seiten der Zeitung. Ben fand, er konnte die Wertung aus der Art heraushören, wie der Sprecher den Namen der Mannschaft aussprach: laut oder leise. Als die Spielergebnisse alle bekanntgegeben waren, rief die Großmutter der Jungen aus der Küche: »Und, Ben?«

»Wo ist der Wettschein?«

»Der müßte hinter der Uhr liegen.«

»Da ist er nicht.«

»Warte mal.« Die Großmutter kam, sich die Hände abtrocknend, herein und schaute in der Lade unter dem Zifferblatt nach. »Glaubst du, wir haben gewonnen?«

»Sicher nicht.«

»Man kann nie wissen. Irgendeiner muß schließlich gewinnen.«

»Aber wir doch nicht. Wir haben nie Glück«, sagte Tony und ging nach oben.

Sie fand den Totoschein zusammen mit anderen Zetteln – vorgedruckten Gebeten für eine rasche Genesung, Novenen, der Brotkarte – unter der Schale auf der Anrichte und gab ihn Ben. Der Tippzettel sah aus wie die Brotkarte – lauter Kästchen mit blauen Linien.

Sie sagte: »Wäre das nicht eine hübsche Überraschung für sie, wenn sie zurückkommen?«

»Sicher nicht.«

»Nach den Ausgaben für eine solche Spritztour könnten sie das Geld gut gebrauchen.«

Ben schaute auf das Gitterwerk mit den acht unentschiedenen Spielen, die sein Großvater angekreuzt hatte, und verglich sie mit den wirklichen Ergebnissen. Der alte Mann sagte, mit dem Können der Mannschaften habe das nichts zu tun – jede Woche entscheide er sich für dieselben acht unentschiedenen Spiele. Fußball-Alleswisser hätten noch nie gewonnen.

»Das erste ist falsch.« Achselzuckend und kopfschüttelnd reichte er die Ergebnisse Großvater Coyle. Der Alte schielte durch seine Augengläser auf die Sportseite. Er hatte sich nicht gut rasiert und an den Mundwinkeln einige sandweiße Stoppeln übersehen.

Ben legte den Schein hinter die Uhr und fragte: »Wann gibt's Abendessen?«

»Sobald ich es zurichten will.«

Großmutter ging wieder in die Küche. Sie schlug drei Eier in die Pfanne, verrührte sie mit einer Gabel und verteilte sie auf vier Portionen. Jeder bekam eine Scheibe Frühstücksspeck und eine Schnitte von dem Sodabrot, das sie zuvor gebacken hatte. Das Sodabrot servierte sie stets mit der ungebutterten Seite nach oben, so daß Speck und Ei verdeckt waren. Sie stellte vier Teller auf den Tisch.

»Setz dich her«, sagte sie. »Und gib Opa einen Stups.«

Ben streckte die Hand aus und berührte seinen Großvater am Arm. Der Alte lugte hinter seiner Zeitung hervor und sah, daß das Abendessen bereitstand.

»Danke«, sagte er. Er bog die Drahtbügel seiner Brille von den Ohren und rappelte sich auf.

Großmutter öffnete die Tür und rief nach oben: »Tony – Tony, dein Essen steht auf dem Tisch.«

Während des Essens wurde nicht gesprochen. Ben horchte auf die Geräusche, die sie alle verursachten. Sein Großvater machte beim Kauen zwar den Mund zu, atmete aber schwer durch die Nase. Großmutter hatte im Kiefergelenk einen Knorpel, der bisweilen knackte – als würde jemand an seinen Fingerknöcheln ziehen. Um Ben zu ärgern, riß Tony absichtlich den Mund weit auf, damit er den halbzerkauten Brei sehen konnte.

»Hör auf damit«, sagte Großmutter.

»Wie lange noch?« fragte Ben.

»Noch drei Tage – mehr als die Hälfte der Zeit ist schon rum.«

»An welchem Tag kommen sie wieder?« fragte Tony.

»Das habe ich dir nun wirklich schon tausendmal gesagt. Am Mittwoch.«

»Um wieviel Uhr?«

»Woher soll ich das wissen? Steuere ich etwa das Flugzeug?«

»Was sagen sie?« fragte der Alte, umfaßte mit der hohlen Hand sein Ohr und hielt es Großmutter hin. Sie beugte sich vor und rief: »Ach nur, wann sie wiederkommen.«

Der alte Mann nickte und sah Ben an.

»Am Mittwoch«, sagte er. »Sie kommen am Mittwoch wieder.«

»Warum hast du dein Hörgerät nicht bei dir?«

»Was?«

»Nichts. Es ist nicht wichtig.« Großmutter tat das Ganze mit einer Handbewegung ab.

Den Jungen war gesagt worden, ihre Mutter und ihr Vater seien nach Frankreich gefahren. Sie wußten nicht viel über Frankreich – Ben wußte nur, daß französische Filme unanständig waren, so daß er sich besser fühlte, als seine Großmutter sagte, sie seien auf einer Pilgerreise. Die Leute wallfahrten an Orte in Irland – nach Knock und Lough Derg. Mr. Egan, einer seiner Grundschullehrer, fuhr jeden Sommer nach Lourdes, um den Siechen und den Sterbenden zu helfen. Er arbeitete im Gemeinschaftsbad, hob die Leidenden aus ihren Rollstühlen und tauchte sie in das geweihte Wasser. Jeder sagte, er sei ein Heiliger, und immer merkten sie an, daß er selbst sich nie etwas zuzog – ganz gleich, welche Krankheiten da ins Wasser gespült wurden.

Es klingelte an der Tür, und Großmutter hörte auf zu kauen.

»Um Gottes willen...« sagte sie. Sie schloß die Augen. »Schwester Foley.«

»Ich verdrücke mich«, sagte Tony und wischte sich mit

der Hand den Mund ab. »Der Aufregung bin ich nicht gewachsen.«

Beide Brüder erhoben sich von der Tafel. Ben ging zur Tür, um aufzumachen, und Tony rannte nach oben.

Lächelnd ging Schwester Foley an Ben vorbei durch die Diele.

»Hallo, Tony«, rief sie Tonys Fersen auf der Treppe hinterher.

»Hi.«

Als Schwester Foley in die Küche kam, sagte sie mit gespielter Bestürzung: »Sie sitzen doch nicht etwa beim Abendessen?« Großmutter lächelte. Großvater sah nicht einmal auf. Schwester Foley ging zum Kamin und setzte sich, das Gesicht zum Tisch gewandt. Bevor sie sich niederließ, strich sie mit beiden Händen den Mantel unter den Kniekehlen glatt, um sicherzugehen, daß er nicht zerknitterte.

»Legen Sie doch ab«, sagte Großmutter.

»Ich bleibe nicht lange«, sagte Schwester Foley.

Unter dem Vorwand, sein Hörgerät holen zu wollen, verließ Großvater das Zimmer. Schwester Foley war etwa in demselben Alter wie Großmutter und ganz ähnlich gekleidet, nur daß sie Schwarz trug. Ben hatte gehört, daß Schwester Foley unter anderem die Aufgabe hatte, die Toten zu waschen. Wie konnte jemand nur so etwas tun? Wie konnte eine Frau es tun – zumal, wenn es sich um einen toten Mann handelte? Er sah ihr zu, wie sie mit knochigen Fingern ihren Mantel aufknöpfte. Darunter verbarg sich eine blaue Schürze.

»Nun sehen Sie sich das an. In letzter Minute ist mir eingefallen, zur Beichte zu gehen, da bin ich einfach losgesaust. Aber an der Schürze stört sich bestimmt keiner, am allerwenigsten Er.« Sie verdrehte die Augen zum Himmel.

»Möchten Sie ein Täßchen Tee – in der Kanne ist reichlich.«

»Wenn Sie etwas übrig haben, hätte ich nichts dagegen.«

Großmutter holte Tasse und Untertasse aus dem Geschirrschrank.

»Eine Prise Zucker?« fragte sie lächelnd.

»Und nur einen Tropfen Milch«, sagte Schwester Foley und stieß eine Art Lachen hervor. Großmutter reichte ihr den Tee.

Großvater kam zurück, vorn auf der Strickjacke hatte er sein Hörgerät festgeklemmt. Ben fand, daß es aussah wie ein kleines Radio aus Bakelit. Manchmal, wenn Großvater die Lautstärke aufzudrehen versuchte, gab es einen schrillen Pfeifton von sich, der alle, ihn eingeschlossen, störte. Er setzte sich in die Ecke und blickte von einer Frau zur anderen, so daß der Draht, der zu dem fleischfarbenen Ding in seinem Ohr führte, stärker ins Auge fiel.

»Waren denn viele zur Beichte?« erkundigte sich Großmutter.

»Ziemlich viele«, sagte Schwester Foley, »aber sie ist von drei Priestern abgenommen worden. Da sind wir zügig vorangekommen.« Während sie an ihrem Tee nippte, behielt sie die leere Untertasse auf dem Schoß.

Großmutter sagte: »Eigentlich wollte ich ja auch gehen. Aber bis nächsten Samstag hat's wohl noch Zeit.«

»Ach, Mrs. Coyle – sehe ich Sie nicht jeden Morgen Ihres Lebens auf der Kommunionbank?«

Großmutter nickte mit zusammengepreßten Lippen. »Es muß tüchtig gebetet werden.«

Schwester Foley nickte zustimmend und seufzte. »Haben sie sich gemeldet?«

»Kein Sterbenswörtchen – natürlich brauchen Postkarten eine Ewigkeit. Fast vierzehn Tage, hat man mir gesagt.«

»Vermutlich.«

Schwester Foleys Gesicht war ernst, doch als sie sich zu dem Jungen umdrehte, lächelte sie. »Na, Benedict – Glück gehabt im Toto diese Woche?«

Ben schüttelte den Kopf.

Großmutter sagte: »Nicht die Spur.«

»Wäre es nicht großartig, ihnen die fünfundsiebzigtausend überreichen zu können, wenn sie aus dem Flugzeug steigen?« sagte Schwester Foley.

Großmutter nickte und lächelte flüchtig. »Das wäre nur eine geringe Entschädigung.«

»Ach ja, ich weiß, Mrs. Coyle. Gar keine Frage.«

»Aber ist es nicht bezeichnend für Sie, Schwester Foley – daß Sie gewinnen wollen, damit Sie's jemand anders geben können?«

»Ach, was soll denn ich mit all dem Geld?«

Als Ben zu ihr aufsah, zwinkerte sie ihm zu und lachte.

Großmutter sagte: »Nett von Ihnen, daß Sie ihnen den Koffer geliehen haben.«

»Ich freue mich doch, daß er Verwendung findet. Und wohin würde ich in meinem Alter noch verreisen?« Wieder schüttelte Schwester Foley den Kopf. »Sie haben wirklich überhaupt kein Glück gehabt. Aber vielleicht ändert sich das ja auch noch, so Gott will. Es wird sich zeigen.«

»Der Herr wählt rätselhafte Wege«, sagte Großmutter.

»Seine Wunder zu vollbringen«, sagte Schwester Foley. »Ich hoffe nur, daß er bei Kräften bleibt. Obwohl ich nicht verstehen kann, wie jemand den schleimigen Fraß zu sich nehmen kann, den die Franzosen essen. Haben Sie schon mal Knoblauch probiert? Da dreht sich einem doch der Magen um. Und den tun sie an *alles*. So wie wir hier Salz verwenden.«

»Und Schnecken, glaube ich.«

»Was sagen Sie – Pferde, Mrs. Coyle. Die essen Pferde.«

»So was aber auch...«

Und nach einer Pause, in der Großmutter den Kopf schüttelte, wiederholte Schwester Foley: »Pferdefleisch – also wirklich.«

»Nein, so was...«

Das Feuer stürzte in sich zusammen, und Funken stoben zum Schornstein hinauf.

»Ben, hol uns eine Schaufel Kohlen.« Ben tat, wie geheißen, und ging zum Kohlenverschlag im Hinterhof. Die neue Kohle war feucht und zischte, wenn sie aufs Feuer geschüttet wurde. Ben lehnte die Schaufel draußen neben die Hintertür und trat wieder ins Zimmer.

»Und was ist mit ihr?« fragte Schwester Foley. »Glauben Sie, daß sie es verkraftet?«

»Ich habe noch nie gesehen, daß sie etwas nicht verkraftet hätte.«

»Der Flug – das ungewohnte Essen – alles vorzubereiten, an alles zu denken – vor allem, daß sie es *weiß* – das ist viel verlangt.«

»Beten wird ihr darüber hinweghelfen. Jeder betet.«

»Es wird sich zeigen.«

Während sie sich unterhielten, betrachtete Ben erst seine Großmutter, dann Schwester Foley. Sie schienen einander nicht in die Augen zu sehen. Schwester Foley starrte seitlich ins Feuer. Großmutter starrte auf die von Reif überzogene obere Fensterscheibe.

»Haben Sie denn schon Ihre Gebete gesprochen?« fragte Schwester Foley.

»Nein – immer erst nach dem Abendessen, wie Sie wissen«, sagte Großmutter.

»Dann stimme ich am besten gleich mit ein, wo ich den Rosenkranz schon bei mir habe.« Sie holte ihre Perlenschnur aus der Schürzentasche und ließ sich vom Stuhl gleiten, um niederzuknien.

»Ruf Tony«, sagte Großmutter zu Ben, hob ihre Perlen und rasselte mit ihnen vor Großvaters Ohr.

Gemeinsam begannen sie, den Rosenkranz zu beten. Als Großvater neben dem Stuhl kniete, war sein Hörgerät nutzlos. Seine Gebete sprach er in sich hinein, weil er nicht rechtzeitig in die Antwort einfallen konnte.

Tony kniete an der Tür, damit er, sobald es ausgestanden wäre, flüchten konnte. Ben stellte sicher, daß er neben dem Stuhl kniete, auf dem die Zeitung lag. Während sie immer wieder von neuem das Ave Maria wiederholten, las er eine Werbeannonce für Burberry-Regenmäntel. Es gab eine

Zeichnung von einer Frau, die einen Regenmantel trug. Der Regen, durch den sie schritt, bestand nur aus schwarzen Strichen, die alle in einer Richtung verliefen. Das Bein der Frau, mitsamt der Strumpfnaht, spiegelte sich in einer Pfütze. Ben mußte an die Waschung eines toten Mädchens denken. Der Gedanke schoß ihm durch den Kopf, und er konnte ihn nicht mehr loswerden. Ein eingeseifter Waschlappen, der überall hingelangen konnte. Er versuchte, brav zu sein und die Gedanken zu vertreiben. Er bekam einen Steifen, und wenn er bei seinen Gedanken verweilte, so wäre es eine Sünde. Und mitten im Rosenkranz – eine doppelt schwere Sünde. Er versuchte, sich auf das Gebet zu konzentrieren.

»Heilige Maria Mutter Gottes bitte fürunsünder jetzundinder Stunde unseres Todes Amen.«

Unter ihren Achselhöhlen. Um ihren Bauchnabel. Der feuchte Waschlappen, der sich nach unten zwischen ihre Beine bewegte.

»Ben, kannst du dich nicht gerade hinknien?« sagte Großmutter. »Du sitzt da wie ein Schwein am Trog, so krumm. Das zweite freudenreiche Geheimnis – Den du, o Jungfrau, zu Elisabeth getragen hast. Vater unser, der Du bist im Himmel...«

Er drehte seinen Körper von ihr weg, für den Fall, daß sie mitbekam, was mit ihm passierte, und kniete sich mit gefalteten Händen gerade hin. Er schaute zur Decke empor. Er versuchte, nicht daran zu denken, wie er den Leichnam eines Mädchens wusch. Dann würde er endgültig herausfinden, ob es da unten verstecktes Haar hatte – oder ob sein Bruder versuchte, ihn zum Narren zu halten. Tony war gescheit. Tony wußte alles. Aber in Büchern hatte Ben Marmorbilder gesehen, bei denen da unten nichts zu erkennen war. Eins wußte er: daß sie Haare unter den Achseln hatten. Im vergangenen Sommer war eine französische Studentin zu ihnen in den Unterricht gekommen, um für eine Weile zu unterrichten. An heißen Tagen trug sie ein Sommerkleid, und wenn sie auf etwas an der Tafel zeigte, sahen sie alle die Haare in ihren Achselhöhlen.

Er mußte an etwas anderes denken.

Das Schlimmste, was er in einer Zeitung je gesehen hatte, war das Flugzeugunglück mit den Busby Babes. Der Schnee auf dem Wrack des Flugzeugs, mit dem Manchester United von München zurückgeflogen war. Die Vorstellung, daß Duncan Edwards, sein Lieblingsspieler, tot dalag. Und all die anderen. Das ging über alles Weinen.

Was, wenn das Flugzeug, in dem Mama und Papa aus Frankreich zurückflogen, abstürzte?

Dann wäre er ein Waisenkind. Es war das erste Mal, daß sie geflogen waren, und als sie abreisten, hatten sie sehr nervös gewirkt.

»Das fünfte freudenreiche Geheimnis – Den du, o Jungfrau, im Tempel wiedergefunden hast. Schwester Foley?«

Schwester Foley begann das Gebet herzusagen.

»Vater unser, der Du bist im Himmel...«

Eine Weile dachte er daran, wie es wäre, ein Waisenkind zu sein. Vielleicht wäre es gar nicht so schlecht. Alle würden ihn bemuttern. Ihm Geschenke machen. Aber die Vorstellung, daß gleich beide Eltern tot sein könnten, war ihm unerträglich. Einer von ihnen, vielleicht. Manchmal zwang er sich, eine Wahl zu treffen. Mama oder Papa? Was war schlimmer? Wen würde er am meisten vermissen?

Nach dem eigentlichen Rosenkranz sagten sie sämtliche Zusatzgebete auf – bis hin zu einem besonderen Bittgebet. Seine Großmutter verriet ihm nie, worum es sich handelte – das würde jede Aussicht auf Erfüllung verderben, wenn sie es laut aufsagte. Und er bemerkte, daß sie, wenn sie dieses Gebet sprach, die Augen fest zusammenkniff und die Lippen mehr als gewöhnlich bewegte. Als sie geendet hatten, bekreuzigte sich Großmutter, küßte das Kreuz an ihrer Gebetsschnur und hängte sie an die Klinke des Geschirrschranks. Tony ging sofort aus dem Zimmer, und sie hörten ihn die Treppe hinaufstampfen.

»Ich nehme an, Lord Herzog McKittiax hat Besseres zu tun, als sich unser Gequassel anzuhören«, sagte Schwester Foley, setzte sich wieder auf ihren Stuhl und steckte ihre Perlen in die Schürzentasche. Großvater kniete immer noch neben seinem Stuhl, ohne zu merken, daß das Beten ein Ende hatte. Ben tippte dem Alten auf die Schulter, und leicht erschrocken blickte er auf. Er lächelte Ben zu und sagte, er spreche ein Zusatzgebet – ein kleines Dankgebet dafür, daß Celtic gewonnen hatte.

»Dieser Charlie Tully, das ist schon einer.«

Großmutter hatte begonnen, den Tisch abzuräumen und die Teller neben die Spüle auf das Abtropfbrett zu stellen. Während Großmutter kam und ging, unterhielten sich die Frauen. Großvater nickte ein, sein Kopf sank zur Seite, und sein Mund stand offen. Als Großmutter abgetragen hatte, bedeckte sie ihn mit einem Mantel, damit er es warm hatte.

Schwester Foley fragte: »Wie geht's ihm denn bei diesem Wetter?«

»Es geht schon. Die Schmerzen machen ihm ein bißchen zu schaffen. Aber toi, toi, toi, heute ging's ihm gut.«

»Bestimmt bringen sie aus Lourdes Wasser mit. Einen Tropfen davon können Sie ihm auf die Gelenke träufeln.«

Großmutter wandte sich zu Ben, der so tat, als lese er Zeitung.

»Ben, warum gehst du nicht ins andere Zimmer und beschäftigst dich.«

»Es gibt nichts zu tun.«

»Das Geschirr muß gespült werden.«

»Ich mach mich lieber auf den Weg«, sagte Schwester Foley.

»Sie bleiben hier. Die Teller haben Zeit.«

Ben versenkte sich tiefer in die Zeitung.

»Ich weiß, wenn's um so was geht, gibt's niemand besseres als Unsere Liebe Frau«, sagte Schwester Foley, »aber haben Sie schon mal an McHarg gedacht?«

»McHarg?«

»Siebenter Sohn eines siebenten Sohnes.«

»Wo wohnt er?«

»Irgendwo hinter Randalstown. Das ist näher als Frankreich und würde jedenfalls nicht schaden.«

»Ich habe noch nie von ihm gehört.«

»Vielleicht lohnt sich ein Versuch.«

Großvater bewegte sich im Schlaf und machte Kaugeräusche. Der Mantel fing an herabzurutschen, und Großmutter beugte sich vor und zupfte ihn wieder zurecht.

»Der spitzt schon die Ohren«, sagte Großmutter und deutete mit einem Kopfnicken auf Ben. »Warum gehst du nicht und spielst ein paar Schallplatten, mein Junge?« Ben zog ein Gesicht und verließ das Zimmer. Als er die Tür zumachte, hörte er, wie sie die Stimmen senkten, horchte aber nicht darauf, was sie sagten. Er lauschte nie an der Tür, für den Fall, daß etwas Schlechtes über ihn gesagt wurde.

Er überlegte sich, ob er nach oben gehen und sich mit Tony unterhalten sollte, aber der war wahrscheinlich am Lesen oder tat jedenfalls so. Seit er aufs Gymnasium ging, hatte er sich gehörig verändert – war richtig eingebildet geworden. Er gab gern an – versuchte allen Angst zu machen, indem er mit heiserer Stimme Sachen wie »Nimm vor des Märzen Idus dich in acht« deklamierte. Ben hoffte, die Aufnahmeprüfung zu bestehen und es ihm nach dem Sommer gleichzutun. Es wäre schön, zusammen zum Gymnasium zu laufen.

Es war ein grauer Sommerabend, und die Fensterscheiben im Wohnzimmer waren von Regentropfen überzogen. Weiter weg vom Kamin war es kalt. Die Tapete auf dem Kaminvorsprung hatte eine feuchte Stelle, die, wie seine Mutter meinte, davon herrührte, daß ein geiziger Bauunternehmer ein Loch mit »weinendem Sand« verputzt hatte, und an Regentagen wurde sie sichtbarer. Das Zimmer war die ganze Zeit vom Lärm vorbeibrausender Fahrzeuge erfüllt, irgendwo sang eine Amsel. Wenn ein bestimmter Doppeldeckerbus vorüberfuhr, vibrierte die Fensterscheibe und schüttelte die Regentropfen ab. Irgendwo summte eine Schmeißfliege, aber er konnte sie nicht sehen.

Die Schlaguhr auf dem Kaminsims ging schon lange nicht mehr, weil der Schlüssel, mit dem man sie aufzog, abhanden gekommen war. Ben blieb vor ihr stehen und betrachtete sie. Sie hatte römische Ziffern, die mehr und mehr auf dem Kopf standen, je mehr sie sich der halben Stunde näherten.

Er hob die Uhr herunter und stellte sie auf den Kaminvorleger. Wo sie gestanden hatte, lag eine lange Hutnadel mit einem schwarzen Perlengriff, die nahm er und legte sich hin. Er öffnete die Tür auf der Rückseite der Uhr. Im Innern eine Reihe winziger Messinghämmerchen. Die Glocken bestanden aus Messingröhren unterschiedlicher Länge. Mit der Hutnadel hob er ein Hämmerchen nach dem anderen an und ließ es gegen seine Glocke fallen. Das Echo pflanzte sich fort – und die verschiedenen Töne vermischten sich, bis der Verkehrslärm wieder hereindrang. Es war der traurigste Klang, den er je gehört hatte. Wenn er alle Hämmerchen anhob und sie losließ, indem er langsam die Hutnadel darunter wegzog, klang es wie eine Harfe – überirdisch. Himmlisch. Erlöse uns von dem Übel. Er spielte die Uhr, weil es sonst nichts zu tun gab. Einmal, als er noch sehr viel kleiner gewesen war, hatte ein Besucher ihn gefragt, ob er ein Instrument spiele, und als er sagte: die Uhr, hatten alle die Köpfe zurückgeworfen und gelacht. Er hatte gelächelt, war sich aber nicht sicher gewesen, was daran so komisch war.

Als er der Uhr müde wurde, ging er ans Fenster und sah hinaus auf die Straße. Die Schmeißfliege flog zum Fenster und prallte brummend gegen die Scheibe. Das Geräusch verstummte, und sie kletterte langsam nach oben. Ben faltete eine Schallplattenhülle aus Papier, so daß das Loch in der Mitte aussah, als wäre aus der Seite herausgebissen. Er faltete sie erneut, bis das Loch verschwunden war und die Hülle zu einer papiernen Klatsche wurde. Nach einer Weile flog der Brummer im Zickzack in die Zimmermitte zurück und sauste im Viereck um die Deckenleuchte herum. Wenn das Licht angeschaltet wurde, konnte man in der Schale die Tüpfelchen toter Fliegen und Falter sehen. Schließlich schwirrte die Fliege wieder gegen das Fenster, und Ben klatschte sie zu Boden, wo er sie zertrat. Als er den Fuß wegzog, schnellte die Fliege gegen den Flausch des rehbraunen Vorlegers.

Auf der Straße kam eine Frau unter einem Regenschirm vorbei, so daß er ihr Gesicht nicht sehen konnte – nur Mantel und Beine. Er steckte die Hände in die Hosentaschen. Das Gesicht eines toten Mädchens könnte von einem Leichentuch verhüllt sein – das von ihren grauen Füßen hochgerafft war, bis nur noch ihr Gesicht verdeckt war. Alles andere konnte er sehen. Er spürte, wie er langsam einen Ständer bekam, und nahm die Hände wieder aus der Tasche. Sein Blick wurde immer wieder von der toten Fliege auf dem Teppich angezogen. Er schaufelte die Fliege auf die Plattenhülle und warf sie in den Kamin. Auf dem schwarzen Rost konnte er sie nicht sehen.

Er ging hinaus in die Diele und hörte, daß die Stimmen immer noch weitersprachen. Sein Vater hatte die Türen modernisiert – die Täfelung hinter Hartfaserplatten versteckt –, so daß sie nunmehr doppelt so dick waren. Undeutliches Stimmengemurmel. Die beiden heckten irgend etwas aus. Wenn er jetzt die Tür öffnete, würden sie verstummen. Sie würden zu ihm aufschauen und darauf warten, daß er einen Grund nannte, weshalb er da war. Das haßtc cr.

Er ging wieder ins Wohnzimmer und schloß die Musiktruhe an. Das war ein riesiges, unvollendetes Ding, an dem sein Vater baute, ein »richtiges Möbelstück«. Das Holz innen war noch nicht lackiert worden und roch wie frisch angespitzte Bleistifte. Rechts vom Plattenteller stapelten sich Schallplatten ohne ihre Papierhüllen. Als er sie durchging, machten sie ein knisterndes Geräusch. *Whispering Hope* spielte er sehr leise – das war keine Musik, die er spielen sollte. Viel zu rührselig. Wenn sein Bruder ihn dabei ertappte, würde er ihn auslachen und damit aufziehen. Wieso spielst du so was, wo wir doch Johnny Ray haben? Deswegen legte er sich lang und hielt das Ohr ganz dicht an den schwarzen Kegel des Lautsprechers. Sein Vater war noch nicht dazu gekommen, den Lautsprecher mit Stoff zu verkleiden. *Whispering Hope* löste ein merkwürdiges Gefühl in seinem Magen aus, am liebsten hätte er geweint. Zwei Stimmen, ein Mann und eine Frau, die sich ineinander verwoben. Harmonierten. Später spielte er Johnny Rays Song *Just A-Walking in the Rain* und drehte die Lautstärke auf.

Großmutter schlug mit der Faust an die Wohnzimmertür und rief: »Stell das Ding doch ein bißchen leiser.«

Schwester Foley öffnete die Tür und sagte aus vollem Hals: »Ich geh jetzt lieber.«

Ben stellte die Musik leiser. Schwester Foley trat ins Wohnzimmer. Großmutter stand hinter ihr. Ben konnte sehen, daß sie beide geweint hatten.

»Wie aus dem Gesicht geschnitten«, sagte Schwester Foley. Sie langte in ihre Tasche, holte eine halbe Krone hervor und gab sie Ben.

»Zwar keine fünfundsiebzigtausend, aber ein paar Süßigkeiten kriegst du schon dafür.«

»Was sagt man?« fragte Großmutter.

»Oh, danke...« sagte Ben.

»Tu doch nicht so überrascht«, sagte Großmutter.

»Aber wofür ist es denn? Ich hab doch nicht Geburtstag oder so...«

»Weil du so brav gewesen bist«, sagte Schwester Foley.

Nur zu Besuch

Zum Pub gegenüber der Einfahrt zum Krankenhaus gehörte eine Wein- und Spirituosenhandlung. Er mußte lange auf das grüne Männchen warten, bevor er die Straße überqueren konnte. Es regnete unablässig, und der stürmische Wind verdunkelte die Bürgersteige. Er lief mit hochgeschlagenem Mantelkragen. Als er die Tür öffnete, klingelte eine Ladenglocke, und von hinten kam ein Mädchen herbei, um ihn zu bedienen. Es gab keine große Auswahl an Scotch in kleinen Flaschen, also kaufte er zwar nicht die billigste – das würde einen schlechten Eindruck machen –, aber doch eine in der mittleren Preisklasse. Das Mädchen schickte sich an, sie in braunes Packpapier einzuschlagen.

»Lassen Sie nur«, sagte er. »Es geht schon.« Er ließ die Flasche in seine Jackentasche gleiten und achtete darauf, daß die Taschenklappe sie verdeckte.

Im Fahrstuhl zu den Krankenzimmern stand ihm eine Schwester mit Schmetterlingsbrille gegenüber. Immer wenn der Fahrstuhl in einem Stockwerk anhielt, glaubte er die Flüssigkeit in der Flasche schwappen zu hören, doch sie schien nichts zu bemerken. Als die Fahrstuhltüren im vierzehnten Stock aufgingen, roch er das Desinfektionsmittel – aber da war noch ein anderer Geruch, ein Duft, den er nicht recht einordnen konnte. Ein durchdringendes, süßliches – Unbehagen. Er ging den Korridor entlang.

Paddy hatte er seit drei Jahren nicht gesehen – seit er in die Großstadt gezogen war. Durch die Fenster zu den Krankensälen konnte er Männer in verschiedenen gestützten Positionen sehen, in Betten, auf Betten. Über einem hing ein Schild: NICHTS DURCH DEN MUND VERABREICHEN. War er das? Wie sehr hatte die Krankheit ihn verändert? Würde er ihn gleich wiedererkennen? An einem Schreibtisch auf halbem Wege entlang dem Korridor saß eine Schwester in ihren Vierzigern. Sie schrieb weiter an ihrem Bericht, dann sah sie auf.

»Ich bin nur zu Besuch«, sagte er. »Ich suche einen Mr. Quinn. Mr. Paddy Quinn.« Sie stand auf und begleitete ihn. Das Namensschildchen auf ihrem Revers lautete auf *Mrs. MacDonald*. Wieder wurde er der Flüssigkeit inne, die in der Flasche in seiner Tasche schwappte.

»Er liegt in einem Einzelzimmer – nach seiner Operation ist er noch sehr geschwächt. Also bitte – seien Sie so gut und bleiben Sie nicht zu lange.« Sie öffnete die Tür und rief: »Besuch für Sie, Paddy.«

Im Bett lag, mit dem Rücken zur Tür und dem Gesicht zum Fenster, eine Gestalt. Der Besucher mußte um das Bett herumtreten, um ihm ins Gesicht zu sehen.

»Paddy – wie geht's dir?«

Die Krankenschwester schloß die Tür.

Paddy stöhnte und stemmte sich auf dem Ellbogen hoch.

»Wie ich diese dumme Zicke MacDonald hasse. Die ist so was von gönnerhaft«, sagte er. »Gut, dich zu sehen, Ben.« Ben streckte die Hand aus und berührte den älteren Mann an der Schulter. »Obacht – oder ich zerfalle dir noch.« Ben schüttelte die Kissen auf und schob sie Paddy unter.

»Also – wie geht's?«

»Irgendein Trottel hat ›vom Nabel auf zum Kinn mich geschlitzt‹.« Paddy lehnte sich auf die Kissen zurück und stieß seinen Atem aus. Bart- und Haupthaar waren mittlerweile völlig weiß. Als er seine Schlafanzugjacke aufknöpfte, um seine Wunden vorzuzeigen, versuchte Ben, sich nichts anmerken zu lassen. Der Einschnitt, der an Paddys Hals einsetzte, verlief im Zickzack die ganze Seite entlang bis hin zur untersten Rippe.

»Mein Gott, sieht aus wie die Skizze eines Schienenstrangs.« Es gab Kreuzungen und Abzweigungen, und entweder hatte er ausgedehnte Blutergüsse, oder die ganze Wunde war mit Jod bestrichen.

»Mit der Hand vernäht«, sagte er. »Das Beste ist gerade gut genug.«

»Tut's weh?«

»Nee...« Paddy sah ihn an. »Was zum Teufel glaubst du denn?«

Ben nickte, er wußte nicht, ob er lächeln sollte.

»Hast du den Flachmann durchschmuggeln können?«

Ben warf einen Blick auf das kleine Fenster in der Mitte der Tür. Es sah niemand zu.

»In meinen Waschbeutel«, sagte Paddy.

Ben ließ die Flasche aus seiner Tasche in den Waschbeutel gleiten, bedeckte sie mit einem feuchten Waschlappen und zog den Reißverschluß zu.

»Knitterfrei«, sagte er. »Das Mädchen wollte sie mir einpacken, aber ich habe nein gesagt. Ich kannte die Lage der Dinge hier oben nicht.« Der Waschbeutel war jetzt unten im Nachtschränkchen verstaut. Ben setzte sich auf einen Stuhl. Paddy lehnte sich wieder auf seine Kissen zurück.

»Gut zu wissen, daß das da ist.«

»Darfst du denn gar nichts trinken?«

»Zwei Dosen Guinness am Tag. Drei, wenn jemand mutig genug ist, sich dem Krankenhausregime zu widersetzen.«

»Schmale Rationen«, sagte Ben.

»Verdammt, ich kriege so viele Medikamente...«

»Wann bist du eingeliefert worden?«

»An dem Abend, als ich angerufen habe. Am nächsten Tag haben sie mich unters Messer genommen.«

»Tut mir leid, daß ich nicht früher kommen konnte, aber du weißt ja, wie's ist.« Ben zog die Achseln hoch, so als hätte er über nichts Kontrolle. »Und – wie ist es dir ergangen, seit ich dich das letzte Mal gesehen habe?«

»Abgesehen von Krebs – ganz gut.«

»Tut mir leid – aber du weißt, was ich meine. Wie geht's der Stadt, die ich so liebe?«

»Der schrecklichen Stadt Tynagh? Seit du fort bist, ist sie auch nicht mehr, was sie mal war. Die Stimmung ist gesunken.« Es trat eine lange Pause ein. »Wo auf dem Regal des Co-op grüne Paprikaschoten runzlig werden.« Ben stützte die Ellbogen auf die Knie und starrte auf den Terrazzo-Boden. Paddy starrte auf die weiße Decke. »Wie läßt es sich denn hier so unterrichten?«

»Ach zum Henker, Paddy...« Ben lehnte sich auf seinem Stuhl zurück und schien sich auf die Decke zu konzentrieren. Wieder eine Pause – der Wind rüttelte am Fenster, und der Regen auf den Scheiben klang wie Hagelkörner. »Ich meine – die würden dich doch nicht operieren – so umfassend, wenn sie nicht davon ausgingen, sie könnten... Ich meine, die Zeichen sind doch *gut*. Mein Vater – die haben bloß einen Blick auf ihn geworfen und ihn gleich wieder zugenäht. Meiner Mutter gesagt, ihr bleibe nur noch eins übrig: ihn nach Lourdes zu bringen. Behandeln sie dich mit Radiotherapie?«

»Mit Chemotherapie. Die soll noch schlimmer sein.«

»Aber die würden dir das alles doch nicht zumuten, wenn sie der Meinung wären... wenn sie nicht der Meinung wären, daß du... ausgezeichnete Chancen hast.«

»Und hat sie ihn gebracht? Nach Lourdes?«

»Ja.«

»Und?«

»Er starb in der Woche nach seiner Rückkehr. Wir waren noch klein – wußten nicht einmal, daß er krank war.«

»Scheiße – schenk mir mal einen Orangensaft ein. In das Glas da.« Auf dem grauen Metallschrank stand ein Karton, Ben stand auf und begann daraus einzugießen. »Halt – mach langsam. Gerade genug, um ihm etwas Farbe zu geben.«

»Wem?«

»Dem Whiskey.«

»Bist du sicher? Paddy, ich möchte nicht derjenige sein, der...«

»Dann mach ich's eben selbst.«

»Du bleibst, wo du bist.« Ben bückte sich und nahm die Flasche aus dem Waschbeutel. Es folgte eine Reihe leiser metallisch knackender Geräusche, als er den Schraubverschluß aufdrehte, dann das hohle rhythmische Glucksen, als er den Whiskey in das Glas Orangensaft einschenkte.

»Sag halt.« Ben achtete darauf, daß er zwischen dem Glas und der Tür stand. Er hielt inne. Paddy sagte: »Halt.«

Ben stellte die Flasche wieder in den Waschbeutel und reichte Paddy das Glas. Paddy schnüffelte daran.

»Widerlicher Geruch – Orangensaft.« Er setzte das Glas an den Mund, kippte es rasch und schluckte die Hälfte des Inhalts hinunter. Dann den Rest. Einen Moment blieb er mit geschlossenen Augen liegen. »Ah, das tut gut. Wie steht's mit dir?«

»Nein, zu früh für mich. Trotzdem danke.«

»Damit hat alles angefangen. Schwierigkeiten beim Schlucken. So ist es ein paar Monate gegangen – und dann wurde es so schlimm, daß ich zu diesem beschissenen Dr. Jimmy gegangen bin. Und jetzt bin ich hier.«

»Zu diesem beschissenen Dr. Jimmy.« Ben schüttelte den Kopf, stand auf und schnupperte in der Luft. »Vielleicht sollte ich lieber für ein Weilchen das Fenster aufmachen.«

»Himmel, dann haben wir's so kalt wie im Wohnwagen.«

»Es ist nur der Geruch – falls die Krankenschwester hereinkommt.« Der untere Teil des Schiebefensters war festgehakt. Als er ihn hochschob, schlug ihm der Wind ins Gesicht. »Das hat uns nicht daran gehindert, ein paar schöne Abende zu verleben.«

»Reichlich innere Zentralheizung. Die Tage im Seaview Hotel, die Nächte im Wohnwagen.«

»Gute Zeiten, Paddy.«

»Vor Lachen fast in die Hose gepinkelt.«

»*Ich nehme einen Whiskey*«, sagte Ben, indem er Paddys Stimme nachahmte, »*die Menge überlasse ich ganz dir.* Und wenn du eine Runde übernehmen solltest, du alter Gauner – *Von welchem Bier darf ich dir ein kleines Glas bestellen?*«

»Das ist eine Lüge.« Sie lachten und nickten.

»Wohnst du immer noch da?«

»Im Wohnwagen? Ja. Wenn er nicht weggepustet worden ist. An einem Tag wie heute sollte man ihn anbinden. Aber ich habe keine Lust mehr.«

»Aber, aber, Paddy...«

»Die Ärzte haben gesagt – wenn ich rauskomme, muß das Bezirksamt mich unterbringen. Sie sagen, sie werden mich nicht entlassen, bevor ich nicht ein Plätzchen habe, wo ich wieder gesund werden kann.«

»Siehst du – also rechnen sie damit, daß es dir besser gehen wird.« Paddy nickte, wirkte aber nicht recht überzeugt. Er fragte: »Wie geht's der Frau und den Kleinen?«

»Gut – alle wohlauf.« Ben blickte zum grauen Himmel hoch, an dem die Wolken jagten, und dann hinunter auf die entblätterten Bäume im Park.

»Mir hat das Kind gefallen, das dachte, Wind entstehe dadurch, daß die Bäume winken.« Als Ben sich umdrehte, lag Paddy wieder auf seinen Kissen und hatte die Augen geschlossen. »Vielleicht sollte ich besser gehen«, sagte er. »Brauchst du irgend etwas?«

»Ja – du könntest mir wieder einen Flachmann einschmuggeln. Wenn nicht, breche ich dir die Knochen.«

»Schon gut, schon gut. Aber ich kann erst Freitag kommen.«

»Mach das verfluchte Fenster zu.«

Ben ließ den hölzernen Rahmen zuschnappen und hakte ihn fest.

»Die Fenster sind so eingerichtet, daß man nicht hinausspringen kann. Wenn einem alles zuviel wird.« In diesem Augenblick klopfte Mrs. MacDonald mit dem Fingernagel an das Türfenster. »Meine Anwesenheit ist nicht länger erwünscht.«

»Die kann mich mal. Ich erinnere mich, den Satz in zwei Meter hohen Lettern gesehen habe – an einer Mauer: *Tu, was man dir sagt: REBELLIERE.*«

»Du hast mich schon mehrfach dazu aufgefordert.«

»Die ist doch bloß eine vertrocknete alte Schachtel«, sagte Paddy. »Bevor du gehst, mußt du noch etwas für mich tun.«

»Aber ja doch.«

Es schien wichtig, und er beugte sich vor, um aufmerksam zu lauschen. Er dachte an Testamente, an die Ausrichtung von Begräbnissen, an letzte Wünsche.

»Siehst du den Schrank – in der Tasche von meinem Morgenmantel ist eine leere Flasche. Schaff sie weg.«

Auf dem Weg zum Hauptgang roch er wieder diesen durchdringenden, süßlichen Duft. Er war so stark, daß er seinen Rachen wie Zigarettenrauch reizte. Mrs. MacDonald saß beim Schein einer Arbeitsleuchte an ihrem Schreibtisch. Er blieb stehen und wartete darauf, daß sie in ihrem Bericht eine Pause einlegte.

»Ja?« Mrs. MacDonald sah von ihrer Arbeit auf, und Ben war, als müsse er vage in die Richtung zeigen, aus der er gekommen war.

»Ich habe gerade Paddy Quinn besucht.«

»Ach ja, natürlich.«

»Und ich wollte Ihnen meine Nummer geben – nur für alle Fälle. Er hat sonst niemanden. Hier, meine ich.« Sie notierte sich Bens Personalien.

»Sind Sie ein Freund von ihm?«

»Ja – wir kennen uns nun schon seit ungefähr zehn Jahren. Wir waren Nachbarn – gewissermaßen.«

»In Tynagh?«

»Ja – als ich dort am Gymnasium unterrichtete.«

»Sie Glückspilz. Was für ein schöner Flecken. Mein liebstes Seebad.«

»Sie kennen Tynagh?«

»Mr. MacDonald und ich kommen fast jedes Jahr durch. Auf der Durchreise.«

Ben nickte, beschloß aber, nichts zu sagen. Er räusperte sich.

»Wie geht es ihm? Ich meine, ich weiß, daß er geschwächt ist, aber... wie geht es ihm wirklich?«

»Mr. Milne – Entschuldigung, der Chirurg – ist überzeugt, daß er ihn noch rechtzeitig erwischt hat. Sie sind alle ganz zuversichtlich.«

»Das sind ja gute Nachrichten.«

»Aber er ist schon fast sechzig – und hat nicht so gut auf sich aufgepaßt wie andere.«

»Vielen Dank – vielen Dank jedenfalls für alles, was Sie hier für ihn tun.«

Dann sah er, woher der Duft kam: von zwei Schalen mit Hyazinthen hinter Mrs. MacDonalds Schreibtisch. Aus der Erde ragten dicke Knollen, blühten rosa und blau und durchströmten mit ihrem Duft Säle und Gänge. Der Geruch war ihm verhaßt, weil er ihn an seine Kindheit erinnerte, an den Tod seines Vaters. Ein Krankenhaus im Winter, das sich mit Schalen blauer und rosa Hyazinthen aufheiterte – eine Art Heuchelei, dieser Gestank überall. Seine Mutter hatte geweint, sie gebeten, tapfer zu sein.

* * *

Es fühlte sich an wie der erste Sommertag – warm. Von einem wolkenlosen Himmel schien die Sonne, und die Bäume in den Krankenhausanlagen waren voll belaubt.

Als Ben den Krankensaal betrat, war er leer. Mrs. MacDonald sagte mit einem unterdrückten Seufzer, Paddy halte sich wahrscheinlich im Raucherzimmer auf. Ben lief zum anderen Ende des Gangs und spähte durch das kleine Fenster in der Tür. Drinnen saßen vier oder fünf Männer. Er trat ein.

»Na, wie geht's?« sagte er. Paddy saß in seinem Rollstuhl und zog an seiner Pfeife.

»Ich bin der Knopf nicht auf Fortunas Mütze.« Sie lachten. Nach der Behandlung waren ihm auf der rechten Seite des Gesichts die Haare ausgefallen und verliehen seinem Bart ein schiefes Aussehen. Er war vollständig angekleidet, mit Hose und Jackett, saß abseits und schaute zum Fenster hinaus. Die anderen standen in einer Gruppe beisammen und rauchten Zigaretten. »Hast du zugenommen?«

»Der Waage nach, ja«, sagte Paddy. Der Raum war bläulich vor Dunst und roch abgestanden. Der Abfallkorb aus grünem Metall war zu einem Viertel mit Zigarettenstummeln gefüllt. »Und wie geht's dir?«

»Großartig – wir haben die erste Woche Ferien. Wie die ersten beiden Stunden an einem Freitagabend.«

»Vor lauter Nikotin kann man kaum aus dem Fenster sehen. Schau dir das an.« Das Glas war gelblich, trübe. »Seit Monaten nicht geputzt worden. Hier drinnen fegt nie jemand aus. Damit wollen sie sagen: Wer in diesem Krankenhaus raucht, den behandeln wir wie ein Stück Scheiße, bis er sich wie ein Stück Scheiße vorkommt.« Er klopfte seine Pfeife in dem Korb aus und begann etwas Tabak zwischen den Händen zu zerkrümeln. Ben setzte sich. Das weißgestrichene Fensterbrett wies braune Brandflecken auf, wo brennende Zigaretten abgelegt worden waren.

»Beruhige dich – sie mögen recht haben... auf einer Station dieser Art.«

»Ach, leck mich doch, Ben. Leute werden nun mal abhängig.« Er stopfte den Tabak in den Pfeifenkopf und entzündete ihn mit einem Gasfeuerzeug. »Sucht ist eine merkwürdige Sache. Sie schafft ein Bedürfnis, wo vorher keins gewesen ist. Und indem sie es befriedigt, verschafft sie Genuß, wo vorher keiner war.«

Ben betrachtete die Zigarettenraucher. Wenigstens zwei von ihnen sahen aus wie Penner, mit dunkelroten, mißbrauchten Gesichtern. Sie trugen Morgenmäntel des Krankenhauses über ihren Schlafanzügen und offene Krankenhaussandalen. Ben starrte auf ihre Füße. Sie waren schwarz wie Tierhaut, die Zehen durch Wattebäusche getrennt. Die Zehen sahen dürr, verkrustet und brüchig aus. Er wandte rasch den Blick ab.

»Laß uns nach draußen gehen. Ich mache mit dir eine Spritztour im Rollstuhl.«

»Hast du den Flachmann eingeschmuggelt?« Ben nickte und deutete auf seine Tasche. »Laß uns den erst auf meinem Zimmer verstecken. Und ich hole dir dein Geld.«

»Mach dir darum keine Sorgen. Es ist ein Mitbringsel – diesmal.« Ben schob ihn durch den Gang. Mrs. MacDonald saß hinter ihrem Schreibtisch und sprach Ben, als sie vorüberkamen, an.

»Er hat ganz schön zugenommen«, sagte sie. Ben fühlte sich verpflichtet, den Rollstuhl anzuhalten. Er nickte.

»Das muß das Essen sein – Sie füttern ihn wohl gut?«

Paddy saß da und starrte geradeaus.

»Warum gehen Sie nicht hinaus? So ein schöner Tag. Gehen Sie frische Luft schnappen.«

»Ich will keine frische Luft«, sagte Paddy, »sondern den schönen Mief eines Pubs.«

»Unterstehen Sie sich«, sagte Mrs. MacDonald, und Ben und sie lachten. Paddys Fingerknöchel auf den Armlehnen seines Rollstuhls waren weiß.

Ben drückte ihm die Flasche in die Hand, und Paddy stand auf und ging damit zur Toilette. Er war bemüht, die Verstekke zu wechseln. Ben blieb wartend stehen und sah aus dem Fenster des Krankenzimmers. Mrs. MacDonald kam mit einem Zettel an der Tür vorbei. Sie lächelte und blieb stehen. Sie senkte ihre Stimme zu einem Flüsterton.

»Ich meine es ernst.«

»Was?«

»Die Sache mit dem Pub. Es wäre furchtbar, wenn all die gute Arbeit umsonst gewesen wäre. Ich mache *Sie* verantwortlich.« Sie grinste und ging, mit dem Finger gegen den Zettel schnippend, in ihren flachen Schuhen davon.

Als Paddy aus der Toilette kam und sich wieder in den Rollstuhl setzte, konnte Ben seine Whiskeyfahne riechen.

»Wieviel hast du denn zugenommen?«

»Ein paar Pfund, aber ich wiege immer noch weniger als bei meiner Einweisung. Es ist diese verfluchte Chemotherapie, die's auf dich abgesehen hat. Und das Alkoholverbot. Erst verbieten sie ihn dir, und dann wollen sie, daß du zunimmst – so ein Quatsch. Alkohol ist doch voller Kalorien.«

»Ich habe über diese Flaschen nachgedacht – über ihre Form. Sie haben etwas Calvinistisches. Sie sind eigens flach, *damit* sie in die Tasche passen. Keine Ausbauchung, keine

Anhaltspunkte. Ein Design, das der schottischen und irischen Psyche entspricht.«

»Halt den Mund und fahr los.«

In den Krankenhausanlagen gab es viele Patienten, die in Schlafanzügen auf den Bänken saßen und das Gesicht der Sonne zuneigten oder die umhergeschoben wurden. Auf dem Rasen lagerten einige Krankenschwestern in weißer Tracht. Drüben bei den Gleisanlagen saß eine Amsel, die unablässig sang.

»Es fühlt sich sogar an wie Sommer«, sage Ben. Sie hielten an einer leeren Bank neben einem Goldregen, und Paddy setzte sich aus dem Rollstuhl auf die Bank. Er saß da, stopfte seine Pfeife und betrachtete die Kaskaden gelber Blüten.

»Das Scheißding ist giftig. Du nimmst überhaupt keine Rücksicht auf meine Gesundheit.«

»Was war denn mit den Füßen von diesen Burschen los – im Raucherzimmer?«

»Brand – vom Rauchen fallen einem die Beine ab.«

»Was?« Beide lachten. »Was für ein Stuß. Wieso passiert dir das nicht?«

»Schätze, ich hab einfach Glück. Nee – meistens passiert es Zigarettenrauchern. Es handelt sich um – irgend so ein Scheißname. Es gelangt kein Blut mehr in die Füße. Die verfärben sich schwarz und fallen ab.«

»Und die Typen da oben rauchen immer noch?«

»Du hast nie geraucht, Ben, also halt den Mund.« Er zündete sich mit dem Gasfeuerzeug die Pfeife an und übertrieb jede Geste und jeden Seufzer des Hochgenusses. »Einigen wenigen Auserwählten von uns, die wir unseren Weg durch das schwarze Loch ertasten, nur um in Vergessenheit zu geraten, bereitet es ein wenig Freude. Wo wir schon mal dabei sind...«

»Wobei?«

»Warum gehen wir nicht einen trinken?

»Nee...«

»In der Anstalt, wo sie mir das Saufen abgewöhnen wollten, haben sie mir das Saufen überhaupt erst beigebracht. Sie haben gesagt...«

»Trinken Sie niemals allein.«

»Und jetzt bist *du* hier. Menschenskinder, so weit kann's doch wohl nicht sein bis zum nächsten Pub. Ist nicht gleich gegenüber der Einfahrt einer?«

»Nein...«

»Was ist denn los mir dir? Hast du mit dem Trinken aufgehört oder was?«

»Nein – aber es ist nicht ratsam. Hier ist es doch sehr angenehm.« Ein Zug ratterte durch den Einschnitt, aber sie konnten ihn nicht sehen. Die Amsel wechselte den Baum und begann von der anderen Seite des Bahnkörpers zu singen. »Also – hast du schon was wegen eines Hauses gehört?«

»Nein.«

»Oder ob sie dich nach Hause entlassen?«

»Nein.« Seine Pfeife drohte auszugehen, und er klopfte sie an den Speichen des Rollstuhls aus. »Scheiße.« Er zog und blies, aber sie war weiterhin verstopft.

»Du brauchst doch deswegen nicht gleich so eingeschnappt zu sein, Quinn.«

»Verdammt, das erste Mal in zwölf Wochen, daß ich die Chance habe, einen trinken zu gehen, ohne daß mir diese Krankenschwestern im Nacken sitzen – und du willst mich nicht hinbringen.«

»Ganz recht.« Ein Blumenbeet mit Ziersträuchern und -gräsern schirmte sie von der Front des Krankenhauses ab.

»Reiß mir doch mal was von dem Zeug da ab«, sagte Paddy und deutete auf die weizenähnliche Grashalme. Ben blickte zum Krankenhaus hinüber, dann entsprach er der Bitte. Paddy zog seine Pfeife auseinander und schob den Stengel durch das Plastik-Mundstück. Als er es gereinigt hatte, blies er hindurch und setzte die Pfeife wieder zusammen. Den Grashalm warf er neben seine Füße auf den Boden. Er war schwarz von Teer.

»Warum willst du mich denn nicht mitnehmen?«

»Weil du nicht darfst. Die Ärzte haben es dir verboten.«

»Verdammt, mit welchen Ärzten hast du geredet?« Verärgert wandte er sich von Ben ab und schaute zur Krankenhauseinfahrt. Einen Augenblick lang dachte Ben, der Alte könnte versuchen, sich allein auf den Weg zu machen.

»Im Erdgeschoß wird Kaffee serviert. Wir könnten dorthin.«

»Welcher Arzt hat gesagt. daß ich nicht in den Pub darf?«

»Sieh mal, Paddy – willst du wieder gesund werden oder nicht?«

»Davon reden wir nicht – wir reden davon, ob wir einen Pint trinken gehen und vielleicht einen Whiskey zum Nachspülen, in netter Atmosphäre mit Bardame.«

»Paddy – nun kapier doch endlich. Denkst du etwa, ich kenne dich nicht? Die Nächte, die wir uns in der schrecklichen Stadt Tynagh um die Ohren geschlagen haben? Wenn du erst mal in einer Kneipe hockst, kriegen dich keine zehn Pferde mehr raus.«

»Du bist ein Angsthase. Ein Feigling. Ein Mann, der sich nicht traut, Vorschriften zu verletzen, egal wer sie erlassen hat.«

Ben stand auf und half Paddy wieder in seinen Rollstuhl.

»Nun komm schon. Ich kauf dir einen Kaffee.«

Paddy stand schwankend auf und fiel fast in den Stuhl. Ungläubig schüttelte er den Kopf.

Ben holte den Kaffee in weichen Plastikbechern und brachte sie zu Paddy, der am Fenster saß. Draußen war ein kleiner Rasen, auf dem sich noch mehr Personal lümmelte, Krankenschwestern und Pfleger.

»Verdammich«, sagte Paddy und starrte hinaus. »Heb doch die Knie noch ein bißchen, Liebling.«

»Hör auf damit. Möchtest du einen Keks oder irgend etwas anderes?«

»Nein.«

Die Tischplatte aus Resopal war mit braunem Zucker überstreut, den jemand aus einem angebrochenen Papiertütchen verschüttet hatte. Der Plastikbecher war zu heiß für Bens Finger, und er ließ ihn abkühlen. Irgendwo schrie ein Baby, und zwischen den Tischen liefen zwei Kinder auf und ab und spielten Fangen. Eine Mutter stand auf und rief sie zur Ordnung. Paddy starrte, die Hände über dem Zwerchfell gefaltet, aus dem Fenster. Mit einer Papierserviette kehrte Ben den verstreuten Zucker zu einem säuberlichen Häufchen zusammen.

»Manchmal tu ich genau das, wovon sie dir abgeraten haben«, sagte er.

»Was? Wer?«

»Die Entziehungsanstalt. Ich trinke allein. Nachts.«

»Dem Himmel sei Dank, daß du wenigstens ab und zu mal trinkst.«

»Wenn alle im Bett sind.«

»Du meinst deine Frau?«

»Ich entspanne mich gern bei einem Gläschen.«

»Es schadet dir auch nicht im mindesten. Es gibt Schlimmeres«, sagte Paddy. Die Schwestern und Pfleger auf dem Rasen standen gleichzeitig auf und gingen ins Gebäude zurück. Paddy sah zu Ben auf. »Ich glaube, du stehst ganz schön unterm Pantoffel.«

»Unsinn, Paddy.«

»Trinkst du mehr oder weniger, wenn sie da ist?«

»Wahrscheinlich weniger. Aber ich trinke nur ein oder zwei Gläser.«

»Oder drei? Oder mehr? Wenn man trinkt, kann man nur bis drei zählen.«

Ben lächelte.

»Manchmal jagt es mir einen Schrecken ein, wenn ich am nächsten Tag sehe, wie wenig noch in der Flasche ist.«

»Dann treibst du's nicht gar so wild – wenn überhaupt noch was in der Flasche ist. Aber es wird schlimmer werden – das weißt du. Du bist kein Narr, Ben.«

»Danke für den Rat, Heiliger Vater.«

»Ich möchte, daß du dir das merkst – man weiß nur Narren Rat.«

»Verstehe ich nicht.«

»Wenn du das Bedürfnis verspürst, jemandem einen Rat zu geben, gehst du davon aus, daß er ein Narr ist.«

»Das ist schon ein Rat.«

»Was?«

»Was du mir jetzt gibst.«

»Das war doch kein Rat. Verflixt noch mal, wir unterhalten uns.«

Paddy holte Pfeife und Feuerzeug hervor. Er drückte die Prise Tabak tiefer in den Pfeifenkopf und versuchte die Flamme daran zu halten. Ben wedelte mit der Hand vor dem Gesicht, um den Rauch zu verscheuchen.

»Ein Alkoholproblem«, sagte er, »ist etwas, das erst allmählich ernster wird.«

»Alkoholproblem? Was redest du denn da von Alkohol*problem*?« Paddy lachte laut heraus. »Herrgott noch mal, Alkohol ist die *Antwort* auf das Problem.«

»Paddy, du sitzt genau unter einem Rauchverbotsschild.«

»Ich pfeife darauf. Die Leute mögen Pfeifengeruch.«

»In einem Krankenhaus?«

»*Erst recht* in einem Krankenhaus.«

Ben trank seinen Kaffee aus und machte Anstalten aufzustehen. »Hör zu, von jetzt an schaffe ich es nicht mehr drei mal die Woche. Ich muß Sachen für die Sommerschule erledigen. Wenn's dir recht ist, komme ich dienstags und sonnabends.«

»Ja, natürlich. Schön, daß du überhaupt kommst.«

»Nee... Gut, daß du wieder auf der Höhe bist.«

»Es geht nicht mehr so wie früher. Um so schlimmer. Ben, du bist der beste Freund, den ich je hatte.«

»Immer ruhig Blut, Paddy. Du läufst Gefahr, Grundsatzerklärungen abzugeben.«

»Aber es stimmt.«

»Schon gut, schon gut. Aber ich muß fort.« Ben stand auf, drehte Paddys Rollstuhl herum und hielt auf den Fahrstuhl zu. Sonst fuhr niemand hinauf. Als die Türen zugingen, fragte Ben: »Irgendwelches Leergut, das du loswerden willst?«

»Nee – gestern ist ein Bursche rausgekommen. Der hat sie in seinem Koffer mitgenommen. Sie haben ihn zum Sterben heimgeschickt. Aber er hat die leeren Flaschen trotzdem mitgenommen.«

* * *

Auf den Hügeln lag Schnee, der sich, als Ben nach Tynagh fuhr, in Matsch verwandelte. Tynagh war eher ein Dorf als eine Stadt – eine Ansammlung von Läden, fünf Pubs und ebenso vielen Kirchen, die sich alle um einen Hafen drängten, der im Laufe der vergangenen zwei Jahrzehnte versandet war. Die Schule, an der er unterrichtet hatte, sah noch baufälliger und zementgrauer aus, als er sie in Erinnerung hatte. Wegen der Ferien lagen Parkplatz und Pausenhof verlassen. Auf dem Fußballplatz stand im strömenden Regen ein Schwarm Möwen knapp innerhalb des Strafraums.

Das Krankenhaus befand sich auf der anderen Seite der Stadt – am Stadtrand. Es teilte sich das Gebäude mit einem Altenheim. Er erkannte die Krankenschwester am Empfang; sie war eine Schülerin von ihm gewesen. Er entsann sich, es mit einem aufgeweckten Mädchen zu tun gehabt zu haben – sie hatte eine gute Erörterung zu dem Thema »Wesen und Unwesen des Fremdenverkehrs« geschrieben. Als sie Ben erkannte, errötete sie.

»Guten Tag, Sir. Ich nehme an, Sie wollen Paddy besuchen. Er spricht oft von Ihnen.«

Sie führte ihn den Gang hinunter, wobei sie sich über die Schulter hinweg mit ihm unterhielt. Er spürte, daß sie verlegen war, weil ihr die Anrede »Sir« herausgerutscht war.

»Und wie gefällt es Ihnen in der Großstadt?«

»Oh, gut – sie bekommt mir gut.«

Sie hielt vor einem Zimmer an und senkte die Stimme. »Man hat Paddy hierher verlegt... damit er sich erholen kann...«

»Und wie macht er sich?«

»Nicht so gut, wie wir es gerne hätten.« Sie zeigte auf das Zimmer und ging den Gang entlang. Zwischen Achillessehne und Schuh hatte sie ein Heftpflaster.

Paddy lag, einen Stoß Kissen im Rücken, mit geschlossenen Augen auf seinem Bett. Über dem Bett hing ein Tropf, und an seinem Arm war ein Schlauch festgeklebt. Seine Wangenknochen standen hervor, und er hatte eine ungesunde Gesichtsfarbe.

Als er ihn eintreten hörte, schlug er die Augen auf.

»Menschenskinder, Ben, was machst du denn hier?«

Seine Stimme klang heiser, und das Schlucken schien ihm Mühe zu bereiten.

»Nur zu Besuch.« Ben streckte den Arm aus und schüttelte ihm die Hand. Er bemerkte die Sehnen in der Hand des älteren Mannes. Der Arm, an den der Tropf angeschlossen war, lag mit dem Handgelenk nach oben flach auf der Dekke. »Siehst nicht schlecht aus – für jemanden, der viel durchgemacht hat.«

»Meinst du wirklich?«

»Ich *weiß* es.«

»Himmel, ich merke nichts davon.«

»Wie ist es hier denn so?«

»Fürchterlich.«

»Aber du bist doch von Leuten umgeben, die du kennst...«

»Das meine ich ja. Neugierige Arschlöcher mit Gehgestellen.«

Der Raum lag auf der dem Meer zugewandten Seite des Krankenhauses, und die Fenster waren von dem Salz, das vom Atlantik her wehte, so blind geworden, daß das graue Grün der Hügel noch grauer wirkte.

»Hast du deine Frau mitgebracht?«

»Nein – es ist nur eine Stippvisite. Ich wußte nicht, ob ich... du weißt schon... einen Flachmann einschmuggeln sollte.« Ben klopfte sich auf die Jacktentasche und zog den Hals einer Flasche halb hervor.

»Alles hochwillkommen«, sagte Paddy. »Je mehr, desto besser. Stell sie dorthin.« Er deutete auf das offene Fach in seinem Nachtschränkchen. Jemand hatte ihm einen Korb mit Obst mitgebracht, der immer noch in Cellophan eingehüllt war. Die grünen Trauben verfärbten sich schon braun. Ben beugte sich vor.

»Wohin?«

»Irgendwohin.«

Erst da bemerkte Ben das volle Trinkglas, das auf dem Nachtschränkchen stand. Er lehnte sich weiter vor und schnupperte. Es war Whiskey.

»Erlauben sie dir das denn hier?«

»Ein bißchen«, sagte Paddy. Dann lächelte er. »Soviel ich trinken kann.«

»Ist das ein... Das muß ein gutes Zeichen sein.«

»Sie sagen, wenn es mir bei der Gewichtszunahme hilft, schadet es nichts. Magst du ein Gläschen?«

»Nee, Paddy. Tagsüber nie. Außerdem bin ich mit dem Auto unterwegs.«

»Wie lange bleibst du?«

»Ich fahre morgen zurück. Unter sonst gleichen Umständen.«

»Was soll denn der bescheuerte Ausdruck? Warum sagst du nicht: Wenn nichts dazwischenkommt. Und das von einem Englischlehrer! *Unter sonst gleichen Umständen.* Wann sind Umstände jemals gleich gewesen?«

»Tut mir leid. Saloppe Ausdrucksweise.« Ben lächelte. »Hast du schon was wegen des Hauses gehört?«

Paddys schüttelte den Kopf. »Sie sagen, ich muß erst zunehmen, bevor ich irgendwohin darf.«

»Ißt du viel?«

Paddy sah zu dem Tropf hinauf und leckte sich die Lippen. »Hammeleintopf.«

Ben wußte nicht, was er sagen sollte. »Wie bitte?«

»Erinnerst du dich noch, daß wir einmal von Alkoholproblemen geredet haben. Jetzt haben wir's.«

»Was?«

»Ein Problem mit dem Alkohol. Meine Kehle hat den Geist aufgegeben. Ich kann nicht mehr schlucken. Das hier ist reich an Protein, reich an Ballaststoffen und reich an Gott weiß was nicht alles – aber was mein Gewicht angeht, könnte es ebensogut Molly Magills Pisse sein.«

»Paddy – sei doch nicht so ungeduldig. Du siehst einigermaßen aus.«

»Einigermaßen?«

»Einigermaßen ist vorerst ausreichend – in diesem Stadium.«

»Angela sagt, daß sie den Apfelkuchen mit Vanillesoße zur gleichen Zeit durchseihen wie den Hammeleintopf. Und eine Tasse Tee.«

»Angela. Genau. Ich hatte ihren Namen vergessen. Angela Stewart. Sie war eine Schülerin von mir.«

»Sie hat's mir erzählt.«

»Möchtest du irgendwas? Irgend etwas, das ich dir aus der Stadt mitbringen kann?«

»Nee, danke. Als ich noch bei bester Gesundheit war, gab es nichts, das du mir aus dieser Stadt mitbringen konntest.« Er hob das Glas und nahm einen winzigen Schluck, dann sank er auf die Kissen zurück. Er behielt den Whiskey im Mund, aber ein wenig sickerte ihm zum Mundwinkel heraus.

»Was hat dich denn überhaupt in dieses gottverlassene Kaff verschlagen?«

»Bin halt hier gelandet. Nach dem Krieg. Ein Ort, so gut wie jeder andere. So schlecht wie jeder andere.«

»Ach ja – die Sache mit dem Morsealphabet.«

»Für den Nordatlantik. Das Problem mit Trinkkumpanen ist – sich zu merken, was man ihnen erzählt hat. *Der Trunk ist ein großer Beförderer von vier Dingen* – was Shakespeare vergaß, war der Gedächtnisschwund.«

Ben mußte sich etwas vorlehnen, um zu hören, was Paddy sagte. Er nahm Paddy das Glas aus der Hand, bevor er den Whiskey verschüttete, und stellte es auf das Nachtschränkchen zurück.

»Den Geschmack mag ich immer noch«, sagte Paddy. »Dann bist du Angela also begegnet?«

»Ja.«

»Sie ist ein Prachtkerl. Sie tut was für mich. Ich nehme an, es ist ihre Art, der Oberschwester zu sagen, daß sie sich zum Teufel scheren kann. Für einen Mann in meiner Lage gelten die Vorschriften nicht.« Das Atmen fiel ihm schwer. Er langte nach seiner Pfeife, die in einem Aschenbecher aus Stanniolpapier lag. Er zog an dem Mundstück, zündete sie aber nicht an. »Könntest du sie vielleicht rufen?« Ben erhob sich rasch.

»Ist alles in Ordnung? Fehlt dir etwas?«

»Nur keine Aufregung, Ben.«

Er fand Angela am Empfang und sagte ihr, daß Paddy sie zu sprechen wünsche. Diesmal achtete er darauf, daß er sie mit Namen anredete.

»Ich bin sehr beschäftigt«, sagte sie. »Richten Sie ihm aus, ich komme, sobald ich kann.«

»Danke, Angela.« Ben blieb noch fünfzehn Minuten bei Paddy sitzen. Der ältere war müde oder dösig von Medikamenten und nickte immer wieder ein. Ben wollte ihn nicht stören und blieb schweigend sitzen. Das Krankenhaus war voller Geräusche – in der Ferne klapperte Geschirr, jemand pfiff, eine Plastiktür klatschte zu, im Nachbarzimmer ließ jemand in eine Spüle aus rostfreiem Stahl eine Schere fallen.

Als Angela außer Atem ankam, sagte Paddy: »Hier kommt sie, sexy wie immer.«

»Paddy, was wollen Sie denn jetzt schon wieder?« Sie wandte sich an Ben. »Ein entsetzlicher Kerl. Sehen Sie jetzt, was ich mir gefallen lassen muß?« Ben nickte und lächelte.

»Ich möchte gern mit meinem Freund hier einen heben«, sagte Paddy. Er deutete auf das Nachtschränkchen.

»Wofür halten Sie mich eigentlich? Bin ich etwa eine Kellnerin?«

»Du weißt schon, wovon ich rede, Süße. Und ich möchte, daß du deinem Lehrer einen einschenkst. Eine doppelten.«

»Wirklich, Paddy, ich habe den Wagen dabei.«

Paddy setzte sich kerzengerade im Bett auf, und seine Augen traten hervor. Er sprach, so laut er konnte.

»Ich scheiß auf dich und deine Scheißkarre!«

Angela zwinkerte Ben zu und schenkte ihm ein Glas Whiskey ein.

»Nehmen Sie Wasser?«

»Ja, bitte. Die gleiche Menge.«

Die Krankenschwester reichte ihm das Glas und sagte zu ihm: »Die Toilette ist am Ende des Korridors links.«

»Wie bitte?«

»Ein kurzer Gang – nur für einen Augenblick.« Sie zog die Augenbrauen hoch und lächelte.

»Ach so...« Er ging den Korridor hinunter und betrat die Toilette, obwohl er eigentlich gar nicht mußte. Als er wieder herauskam, begegnete er Angela, die auf ihren Posten zurückeilte.

»Jetzt dürfte er bei besserer Stimmung sein«, meinte sie.

Ben ging ins Zimmer zurück. Paddy kämmte sich mit einer Hand das weiße Haar.

»Hier ist dein Drink«, sagte er. Ben nahm das Glas und toastete ihm zu.

»Prost«, sagte er. Er suchte nach Paddys Glas, um anzustoßen. Das leere Glas stand auf dem Nachttisch. Paddy sah, daß er sich umblickte, und sagte: »Er ist im Hammeleintopf.«

Ben sah zu dem Tropf auf. »Du verdammter alter Fuchs.«

Paddy lachte. Seine Augen schienen zu glänzen. »Mein ganzes Leben habe ich danach getrachtet, in schlechte Gesellschaft zu geraten, und erst seit neuestem merke ich, daß ich selbst sie bin.« Sie lachten verhalten. »Ich hätte Angela schon vor Jahren bitten sollen, mir im Wohnwagen einen solchen Tropf anzulegen. Mit einem Katheter zum Fenster hinaus. Man hätte sich wochenlang nicht von der Stelle rühren müssen.«

Sie sprachen von der guten alten Zeit – erinnerten sich an die Besäufnisse nach der Sperrstunde, wie sie sich an Fenstersimsen entlang nach Hause getastet hatten, an die Partys ohne Essen und an »die Nacht des hungernden Fischers«, als sie in einem Würfel Margarine Bißspuren fanden. Wenn

Paddy lachte, verwandelte sich sein Lachen in einen schleimigen Husten, der schwer einzudämmen war, so daß Ben versuchte, das Thema zu wechseln und das Gespräch so gedämpft wie möglich zu halten.

Nach einer Weile sagte Paddy: »Wenn du Leute wie Angela siehst, ist alles der Mühe wert. Sie schert sich den Teufel was darum, was andere sagen.« Er schien ein bißchen zu dösen, dann wurde er mit einem Ruck wach. Er fing an zu nuscheln. »Gestern abend kam etwas über Wittgenstein – im Radio – seine letzten Worte waren – *Sag ihnen, es war wunderbar*. Vermutlich hat er das Dessert gemeint.«

Nach ungefähr einer halben Stunde sank Paddy in tiefen Schlaf. Ben stellte sein fast volles Glas Whiskey neben Paddys.

Dann schlich er sich auf Zehenspitzen hinaus.

* * *

Ben ging den Flur entlang zu dem mit Teppich ausgeschlagenen Verwaltungstrakt der Schule. Vor dem Büro des Direktors brannte das rote Licht, deshalb ging er ins Sekretariat.

»Hallo, Ben.«

»Wer ist bei ihm?«

»Ich glaube, ein Vater.« Sie sah im Terminkalender nach. »Ja, der Vater von Lorimer aus der 3D.«

»Kann ich ihn als nächstes sprechen?«

»Ich möchte es fast bezweifeln, mein Lieber. Um elf ist eine Besprechung über den Lehrplan im LK Geographie.«

»In der Mittagspause?«

»Kommen Sie um eins wieder. – Ich hoffe, Sie haben sich letzte Nacht gut amüsiert, Ben.«

»Wieso?«

»Sie sehen aus, als hätten Sie einen leichten Kater.«

»Ich war zu Hause. Ich erzähl's Ihnen später mal.«

»Danke.«

Ben vergeudete den Großteil seiner Mittagspause damit, darauf zu warten, daß das rote Licht ausgeschaltet wurde. Er ging wieder zur Sekretärin.

»Wer ist bei ihm?«

»Niemand, mein Lieber – klopfen Sie einfach an. Wahrscheinlich ißt er zu Mittag.«

Ben klopfte an.

»Herein.«

Das Zimmer war vom Duft einer einzigen Hyazinthe erfüllt, die in einem Topf am Fenster stand. Es war wieder die Jahreszeit dafür. Der Direktor saß gegenüber der Tür hinter seinem Schreibtisch. Er verzehrte ein Sandwich, und auf der polierten Schreibtischplatte dampfte eine Tasse Tee. Die Tasse stand auf einem hölzernern Untersetzer, der von einem Schüler angefertigt worden sein mußte, roh, wie er war. Die Leisten der Jalousien waren halb geschlossen. Das grelle Sonnenlicht von draußen blendete.

»Ben – was kann ich für sie tun?« Der Direktor war eine dunkle Silhouette. Vom Schulhof drang gedämpft Gebrüll herein.

»Ähem... ich habe gestern abend erfahren, daß ein Freund – ein sehr enger Freund von mir... Nun ja, daß er gestorben ist.«

»Oh, das tut mir aber leid.«

»Ja, wir haben uns in der schrecklichen Stadt Tynagh kennengelernt.«

»Ach ja – als Sie dort unterrichteten.«

»Er war ein großartiger Mann.«

Der Direktor legte sein halb angebissenes Sandwich auf die Serviette, die auf dem Tisch lag. »Und...?«

»Ich wollte nur um Erlaubnis bitten, zur Beerdigung gehen zu dürfen.«

»Wann findet sie statt?«

»Morgen.«

»In Tynagh?« Der Direktor überlegte einen Augenblick. »Was Sie also in Wahrheit wollen, ist Beurlaubung wegen einer dringenden Familienangelegenheit?«

»Ja.«

Der Direktor seufzte. »Es ist betrüblich, aber Sie kennen die Vorschriften so gut wie ich. Der Bezirk gestattet dies nur bei *nahen* Verwandten.«

»Dieser Mann war ein naher Freund. Vielleicht ist er der Vater, den ich gern gehabt hätte.«

Der Direktor faltete die Papierserviette über dem Sandwich. Er steckte es in die Schreibtischlade und schloß sie. Mit der Zunge beseitigte er die Essenreste in seinem Mund.

»Es tut mir sehr leid, Ben. Aber ich habe darüber nicht zu befinden. Ich kann dem Bezirk nur Empfehlungen aussprechen. Die Entscheidung liegt nicht bei mir. Und Empfehlungen kann ich nur in bezug auf *nahe* Verwandte aussprechen. Wenn Sie möchten, können Sie ein Gesuch an den Bezirksschulrat richten.«

»Und wenn der es abschlägt?«

Der Direktor zog die Schultern hoch und behielt sie lange oben. »Dann können Sie eben nicht fort.«

»Er war mir wichtig. Wichtiger als ein Verwandter.«

»Es tut mir leid, aber es läßt sich nun mal nichts daran ändern.«

»Was würde passieren, wenn ich trotzdem ginge?«

»Sie meinen, unentschuldigt fehlen?«

Ben nickte. Er stand immer noch mitten im Zimmer. Das schwache Geschrei auf dem Schulhof schien lauter zu werden.

»Das wäre nicht gut – gar nicht gut. Denn es herrscht gerade akuter Personalmangel.« Er sah zu Ben auf, dann drehte er sich ein wenig in seinem Drehstuhl. »Wegen dieser Grippewelle.«

»Er hieß Paddy Quinn. Und er war einer der belesensten Menschen, denen ich je begegnet bin. Er hatte was auf dem Kasten, aber sehr wenig Glück im Leben.«

Der Direktor erhob sich. »Man sagt, die Grippe sei nichts Ernstes.« Er ging ans Fenster und stellte die Jalousien schräg, so daß das Zimmer von Licht durchflutet war. »Ben, wenn Sie mich jetzt entschuldigen wollen, ich möchte noch zu Ende essen.«

Die Beerdigung fand um zehn Uhr statt, hinterher sollte es eine Zusammenkunft in der Bar des Seaview Hotel geben. Als Ehrbezeigung für einen geschätzten Stammgast und Freund hatte der Hotelbesitzer auf eigene Kosten einen Dudelsackbläser engagiert. Es hatte keinen Sinn, daß Ben einen Beileidsbrief schickte – wem sollte er ihn denn schikken? Paddy würde schon verstehen – er hatte nie Rücksicht auf Rituale oder die Feinheiten einer Situation genommen. Er hätte gesagt: »Scheiße – mach doch, was du willst.« Um 9.45 Uhr gab Ben seiner dritten Klasse ein Leseübung auf, um sie zu beschäftigen.

»Sir, warum müssen wir so 'n Stuß machen?«

»Lorimer – ich dachte, du zeigst dich heute von deiner besten Seite? Ihr tut es, weil ich es sage.«

Ben setzte sich, froh über die Stille, die er erzwingen konnte. Als es zehn Uhr wurde und die Klasse ruhig arbeitete, stand er auf und ging zum Bücherschrank. Obgleich er Whiskey vorzog, hatte er seine Flasche mit Wodka gefüllt – er wußte, daß man da keine Fahne riechen konnte. Er brachte einen Toast auf Paddy aus. Dann noch einen. Es war der erste Drink, den er je während der Arbeitsstunden zu sich genommen hatte, und daß er sie damit im kleinen zum Teufel wünschte, gab ihm ein gutes Gefühl. Er schloß die Augen, lehnte den Kopf gegen einen Stapel *Die Kunst des Englischen, Band 4* und versuchte sich vorzustellen, was dreihundert Kilometer entfernt in der Stadt Tynagh geschah.